INK INK INK INK INK INK
NK INK INK INK INK INK IN
K INK INK INK INK INK INK
NK INK INK INK INK INK IN
K INK INK INK INK INK INK
NK INK INK INK INK INK IN
K INK INK INK INK INK INK
NK INK INK INK INK INK IN
K INK INK INK INK INK INK
NK INK INK INK INK INK IN
K INK INK INK INK INK INK
NK INK INK INK INK INK IN
K INK INK INK INK INK INK
NK INK INK INK INK INK IN
K INK INK INK INK INK INK
NK INK INK INK INK INK IN
K INK INK INK INK INK INK
NK INK INK INK INK INK IN
K INK INK INK INK INK INK
NK INK INK INK INK INK IN
K INK INK INK INK INK INK
NK INK INK INK INK INK IN
K INK INK INK INK INK INK
NK INK INK INK INK INK IN
K INK INK INK INK INK INK

INK

馬祖鈎鑑

二〇〇九首屆馬祖文學獎得獎作品集

主　　辦：連江縣政府

承　　辦：連江縣政府文化局

規劃執行：**INK**印刻文學生活誌

目次

評審意見

新詩

評審意見

圖文小品

評審意見

序

馬祖文學壯麗新盛世

縣長

一段悠閒享受的美麗時光，一座遠離喧囂的海上桃花源，連江縣馬祖，連綴般的大小島嶼，正是上帝特意撒落在海上的串串耀眼珍珠，這裡曾是神聖戰地、堅強堡壘，當更顯出其神祕、幽靜，這裡的民風淳樸、景緻秀麗、海天美絕，尤其豐藏的文化瑰寶與戰地記憶，更總是令人流連往返……

連江縣馬祖文史繽紛繁盛，燦麗精彩，這期間雖歷經戰亂洗禮和磨練，先民辛勤墾拓不但蘊埋無價的文化資產，更創造了無數感人故事，有賴諸多文學之士紀錄、書寫及文學呈現，爲馬祖傾力注入生生不息、源源不絕的文學能量。而今年「二〇〇九首屆馬祖文學獎」的開創舉辦，正是連江縣政府文化局「馬祖地方藝術扶植計畫」的重要文化工程，期望藉由文學書寫的廣泛徵選，表現出馬祖文化內涵、島嶼風情的多元化與深度，進而提升馬祖能見度及文學價值，喚起民眾曾經美好的馬祖記憶，激發更多的彩筆濃墨來筆耕馬祖，在在留駐馬祖的綽約丰采。

本書所收錄的得獎人作品爲「馬祖文學獎」撐舉起最優質、最豐盛、最具代表性的文學架構，讓「馬祖」續獲全球華人積極矚目和高度關注。雪生要特別感謝各級評審們的辛勞審閱，他們爲「馬祖文學獎」注入文學活水，昂首領航馬祖文學的發展航向。同時也要恭喜所有得獎人，敬祈各位百尺竿頭，持續豐盈這座壯麗島嶼的生命與心靈。

首屆「馬祖文學獎」真正確立馬祖將更恢弘地以「文學」之姿，在華文文壇占領地位與高度，且讓我們繼續燃燈書讀、提筆就文，展臂歡迎「馬祖文學壯麗新盛世」的壯闊君臨。

序
文學書寫馬祖

劉潤南
文化局長

馬祖是上天撒在閩江口外的一串翠綠寶石，六千年前就有新石器人類征服上岸這蕞爾小島，唐宋元時期鑲嵌於海上貿易絲路上，曾經粉墨扮演煙墩海防的角色，在媽祖香火與白色洋式燈塔閃爍的光芒照耀下，保護著過往的船艦人員，一九四九年的軍事的無奈成了以美國海權爲主的前哨站；隨歷史洪流飄泛的善良漁民、國際商旅、倭寇、海盜、義士、諜報員、難民及軍人攜來往返，烙印了島嶼的人文，除了傳承閩東的民俗、宗教、建築、聚落、語言文化之外，也堆積了更多元的文化面向，包括戰地坑道標語、被發現的神話燕鷗與深具魅力的自然地景等。故此馬祖需要文人雅士的文采豪情與筆墨潤飾，來積極提升文化層次與高度，遂促成今年首屆「馬祖文學獎」的開創舉辦。

「二〇〇九首屆馬祖文學獎」於今年初進入執行討論時，深恐投稿件數不多，頗爲擔心，好在徵選到委託辦理的《印刻文學生活誌》，在大量的廣告效益後，兩個月內共收到二百七十七件之多的參選作品，主題多樣豐富，均緊扣馬祖生活、軍旅退伍、觀光遊覽等記憶而抒情萬種、成果豐碩。經過初複審之後，進入決審的計「圖文小品」類二十四件、「散文」類四十件、「新詩」類四十三件。

決審會議剛巧訂在芭瑪、米勒雙颱侵擾風雨夾雜間。圖文小品決審委員有幸邀請到散文家廖玉蕙、曾於馬祖東引服役的作家何致和、《聯合報》副刊主編宇文正；散文組爲報導文學家藍博洲、多次赴馬祖的作家羅葉、《自由時報》副刊主編蔡素芬；新詩組爲曾駐紮馬祖的海洋將軍詩人汪啓疆、現任連江醫院院長的詩人謝昭華、《中國時報》副刊主編楊澤。評審過程都因主題取材、書寫面向、文學品味、在地特色等因素而多所拉鋸與折衝，亦紛紛驚豔讚許本屆文學作品濃厚呈現馬祖萬種風情，在在肯定徵選成果超越其他地方文學獎水準之上。

「二〇〇九首屆馬祖文學獎」的得獎作品深切表達出馬祖地方的風土、人文、景觀之豐美特色采風，更爲馬祖文學開創嶄新紀元，劃下足堪典範的輝煌光華。值此得獎作品集出版前，特別邀請美學文學家蔣勳、海洋將軍詩人汪啓疆、馬祖詩人謝昭華撰文，與我們分享馬祖淵源及記憶光影，更爲「二〇〇九首屆馬祖文學獎」及馬祖文化高度，奠立足以千秋頌揚的文學里程碑。藉此亦感謝所有投稿與閱讀這本書的朋友們，期盼大家持續筆耕墨耘賞閱披讀這塊馬祖的文學園地。

名家書寫馬祖

一張入境照片——寫給白犬島

蔣勳

龍應台寫《一九四九》的時候，問過我那一年在哪裡。

我是一九四七年年底出生在西安，舊曆十一月二十八日，換算成新曆，是一九四八年的一月八日。所以第二年就是「一九四九」。

父親是黃埔出身，以後在陝西王曲七分校做教官，當時是國民黨上校軍官。國共內戰，父親在東北錦州戰役被共軍俘虜，後來僥倖逃出，輾轉回到西安與母親會合，不多久就開始了一家六口流離遷徙的逃亡歲月。

我們逃亡的路線是先到了上海，再看要往哪裡走。因爲父親原籍福建長樂，老家親人都在，父親羈身軍旅，跟母親在北方結婚後一直不曾回福建老家，可能當時也沒有想到戰爭瞬間情勢就如此危急，就決定先從上海回福建老家探親。

原來計畫只是稍作停留，立刻隨國軍撤退台灣，因爲不巧我鼠蹊淋巴發炎，剛動了手術，醫生認爲旅途中不能換藥，擔心又可能發炎，就耽擱了一家人出發時間。

共軍很快就進了福州，母親敘述那一天，沒有任何槍砲聲，如同往常，一早起來，開門一看，滿街都是共軍，唱著軍歌，手中拿著紅旗，才驚覺地回房藏起父親的軍裝、證件。我們一家也就意外在福建羈留了一年多時間。

在共軍「解放」的福州城裡，父親隱姓埋名，不敢透露自己身分，大姊已經入小學，在學校裡學唱共軍文宣隊教的《秧歌》，上街頭慶祝「解放」，扭秧歌、打腰鼓。

父親老家經營木材廠，世代有船做福建廈門閩江一帶到台灣的生意，也熟悉海面上的交通。當時家裡生意由父親的大哥掌管，他也覺得情勢不對，家裡窩藏一個共軍通緝的國軍，即使有整個家族保護，畢竟不是長久之計。

一九五〇年十二月的月底，福州報紙上已經出現緝捕父親的消息。我的大伯很快在閩江邊安排了船隻，家人傍晚上船，藏身在艙板下，上面堆放一袋一袋雜物乾糧，等候入夜，躲過守軍哨衛，潛逃出港。

母親常說那一個傍晚時間好長，她把我抱在懷中，害怕我會哭，驚動守衛，捏一

把冷汗，一直到船行出海才鬆一口氣。

大姊告訴我，從閩江邊，船行一夜，我們次日清晨抵達「白犬島」，那一天是一九五一年（民國四十年）的元旦一月一日。

母親當時懷了我的弟弟，弟弟在白犬島出生，是早產兒，島上沒有足夠食物，母親奶水不足，過了很辛苦的半年。

父親因為有軍職，被當時長官留在白犬島，母親覺得這樣不是辦法，毅然決定她先帶五個孩子申請到台灣，再從台灣替父親申請入境。

因為是逃亡出來，什麼家私都不能帶。到台灣以後，就是赤裸裸一家人，卻有一張黑白照片，上面有我的大姊、大哥、二姊和剛滿三歲的我，母親說：「這是在白犬島拍的，就是為了申請台灣入境證的一張照片。」

大姊那年十一歲，大哥七歲，二姊五歲。我穿著中式對襟棉襖，大哥是中山裝，大姊二姊都是土花布的棉襖。時間應該是一九五一年的春天，服裝上來看還是春寒季節。

母親帶著五個孩子從白犬到南竿等到台灣的船，遇到颱風，等了幾天，才上了船，因此，我離開馬祖應該是在一九五一年的夏天。

當時三歲多的我，完全沒有留下記憶。憑藉著在白犬島留下的一張照片，跟母親、大姊口中的片片段段敘述，拼湊起一個不完全的童年。

我甚至一直不知道母親口中不斷重複的「白犬島」究竟在哪裡。

父親母親去世多年，我的案上供著父母親的照片，還有這一張當年爲辦台灣入境證的黑白照。

二〇〇七年我去馬祖演講，發現北竿南竿居民籍貫都是福建長樂，口音也跟父親相似，覺得親切，談起父親，也說了我們曾經在白犬島待過半年。招待我的朋友大笑說：「白犬島就是莒光島。」一九七〇年代，因爲嫌「白犬」二字不吉利，又爲了配合當時國策「勿忘再莒」，「白犬」才改成「莒光島」，原來的「西犬」改爲「西莒」，「東犬」改爲「東莒」。

熱心的朋友第二天就帶我乘船去了「白犬島」，西犬、東犬都去了，還在島上住了一夜。

因爲一點記憶都沒有，在有點荒涼的島上亂走，也不知要尋找什麼。

我記得大姊跟我說過一個故事，在白犬那半年，他們沒有讀書，滿山亂跑，等漁船回航靠岸，跑到碼頭等漁民丟魚鮮給小孩撿，有帶魚、章魚、蝦蟹，帶回家烤來吃，極鮮美。有一次大哥在山上跑丟了鞋子，回家挨父親一頓打，父親又趁天未全黑，跑回山上到處找，還是沒有找到，父親很懊惱，原來逃難中帶的一點碎金子就縫藏在大哥棉鞋的厚鞋底中。

父親懊惱找不回那一隻藏著金子的棉鞋，近六十年後，我重回白犬島，在亂山中走，竟然妄想不經意會在草叢裡發現一隻多年不見的棉鞋。

龍應台問我「一九四九」我在哪裡？因爲完全沒有記憶，我語焉不詳，只有寄這張可能有見證性的照片給她。

許多人在老年失憶，我常覺得我是在童年失憶，來台灣以前，福建、馬祖的事腦海裡一點痕跡也沒有，卻留下一張在白犬島的照片，好像要確實證明我到過那裡。

這張照片，應台沒有用在她的書裡。書出版以後，她給我寫了一封信，很篤定厚重的墨黑字體，——她說，沒有用這張照片，是因爲覺得應該把這張照片的故事留給我自己來寫。

謝謝應台，她張起了「一九四九」的大網，許多人可以繼續補充一根或兩根經線緯線。

南竿海軍和狗兒們

汪啟疆

南竿鐵板海軍指揮部駐地的狗兒們，都聳起耳朵，知道有了狀況。

海軍指揮部誰也沒算過，各個駐點營區有多少隻狗，牠們被餵養，各自成群，分占所據地盤，但也彼此交誼，而且自有階級大小，非由官授，乃是自然形成。凡是跟著指揮官巡視的狗，自然就是指揮官層級，其次依階而別，狗看主人，誰向誰敬禮併腿，看久了也就曉得階級優先，秩序井然。

在外島陸軍勢大權高，因著指揮和責任隸屬，陸軍比海軍凶悍。而狗卻不理會這些，只要進到指揮部，非穿海軍制服者，就激起狗群的地盤戍守職責，戰鬥意識熾烈；但凡沒海軍陪同，沒有不被吼咬追逐，遠離奔逃的。事情就出在這裡。一次馬防部司令無預警巡視海指部，禮兵服裝才站妥排面，指揮官還來不及喊敬禮，司令官一下座車，幾隻不長眼的狗已狂吠而來，打亂了陣仗。四圍又吼又跳之際，司令見過大場面，侍從官和其他幕僚可就變了臉色。

司令沒說什麼。司令部參謀長可發了飆，一追查海指部，編制五十五員，可養了四十五隻狗！狀況就來了。

「他怎麼知道部裡有四十五隻狗？誰來點數了？」

「沒注意到生養繁密，愛情不能制止，誰又捨得小狗仔出生的可愛憨相，」士官長發言：「在這兒，誰不想家？人都會發春，狗能不發情？」

一個相對處理狗兒們的討論，就在副指揮官主持下召開。一開始全是抱怨。

士兵抱怨說：「都忙著就校閱巡視部位，怎會想到狗呢。」

士官長抱怨：「既是無預警就會有狀況。狗發生的狀況，與人無關；司令部是在找岔！」

副指揮官趕忙把話題拉回主軸。「事態已經發生了，我們就沒啥妥協。司令部要求只留十五隻納養狗，我們現在該怎麼汰除另外三十隻狗？」

「我們每次巡守都跟著的狗，極悍極猛，比陸軍和水鬼更飆；要優先保留。」軍務科首先發言。

「副座，我們已經跟風聞而來的陸軍老廣們幹過架，你可不能屈服不仁道的屠殺令！二次大戰納粹軍官盲目服從屠害猶太人，都被判犯了錯誤。」剛認養初生小狗的預官、跟著引述。

義務役士兵代表阿廖快哭了的申訴：「……不成，自己養的狗，就跟親人一樣。我們可以打共匪，不能傷家人。」

這種發言情緒，討論會是開不下去了。最後甚至出來一個：爲狗兒，海軍向陸軍宣戰的族群激情言語。

狗兒們似乎聽到這些而傳來吠聲。討論會不了了之，狗兒大大小小伸出舌頭，依戀著主人，躍跳搖尾巴。

沒有結論。只有三不一沒有：不屠殺，不辜負，不送人；沒有革命情感就沒有革命軍人的生死情誼。那天晚餐，人都吃得很少，剩下的，讓狗兒們吃得很飽。海指部隱隱有一股跟司令部頑抗不屈的作戰氛息。

指揮官可鎖了眉頭，眉頭緊得跟冬季惡劣海象下，艇隻無法運補高登、亮島、大小坵般凝重。副指揮官立正在辦公桌前，說著若再遇司令部來前的狗群疏散、專人負責、圈籠採購、綁扣效應、托載回運基隆……等等因應措施。指揮官的狗趴在桌腳；辦公室外、操場、樹蔭下，橫趴立坐走著各別的狗們。「沒一隻狗在這裡是拴著養的。狗的天性就是忠誠和自由。」指揮官不斷揉額，「三不一沒有個他媽的。司令部本文內可沒說殺狗！三不一沒有？不聽令不服從不貫徹，就沒有腦袋。」

「老闆，」慌亂之下，副座言詞也荒腔走板，「命令誠可貴，生命價更高，他們怕你下屠狗令，所以先表態。」

第二句他媽的海軍之罵出口後，指揮官揉了臉。「叫我們自行處理就是彈性了。

海軍在南北竿共有哪些單位？」

「部外單位有快艇中隊，海軍氣象電台，海軍連絡組……」副指揮官頭腦靈活亢奮了，「我們諸多小艇都可以載運離島，或養在艇上。」

※

狗兒們可不知這段複雜過程，而誰能制止牠們守土盡責又忠心耿耿？狗群減少後，指揮部官兵有一陣子精神萎靡，狗兒們彼此尋找，快快長喚。而這事件，在多少多少年後，由當時的指揮官感觸於軍中人情，告訴我的。

狗兒們，散在馬祖各地是否仍生養了眾多海軍血裔呢？

馬祖詞典

謝昭華

語言是心靈的歌聲，不同的語言可以組成錯落對位的音符。人們唯有開口說話，才能聆聽彼此的心靈之歌，才能一窺生命的風景。

來過馬祖的人大概都會學說一句福州語「卡蹓」，卡蹓就是福州語遊玩的意思。以往馬祖居民說的母語是福州語，也就是現在牙牙學語的馬祖學童在小學課堂裡學的母語。每當我那小學六年級的女兒在家裡讀著福州語讀本，聽著她稚嫩的童音我常忍俊不住，因爲她讀的文章聽來猶如西班牙語般令我難以理解。有時女兒要我念福州語讀本的內容給她聽，說明天老師要抽讀。當我試著讀她的指定課文，她卻立即糾正我，說我的讀音與課本上的羅馬拼音不一樣。我辯說這語音是我媽媽也就是她祖母教我的呀，母語不就是媽媽教的語言嗎？如今，兒童平日不說母語，必須要由學校的老師來教，這樣的語言還能稱爲母語嗎？大陸作家韓少功的作品《馬橋詞典》裡羅列了百餘條馬橋村的方言，並加以敷衍成篇。馬橋是湖南省偏遠的小村，放在大陸的廣大幅員與多樣的種族方言來看並無特殊之處，但因韓少功此作品的形式特異，引發評論風潮。不論其師承塞爾維亞作家米洛拉德帕維奇的《哈扎爾辭典》或是捷克小說家米

蘭昆德拉的《生命中不能承受之輕》，韓少功此作品的形式與內涵確實令人驚豔。

馬祖各小學裡現行的福州語讀本是語文老師與福州師範大學語言學教授共同審定的版本，讀音經過考證；可是聽在耳裡總覺得彆扭，不同於我們平常說話的音調。我想起家住台灣南部的同窗友人曾說北部的閩南語不道地，說話的音調奇特不順耳，或許也是這原因。據連江縣誌記載，馬祖源於福州閩東語系。由於千年來中國大陸族群的遷徙，閩南語和閩東福州語摻雜了許多北方方言，遂保留了許多中原古音。五胡亂華之後，大陸北方的居民棄古音改用四聲，而福州語、閩南語和客家話至今仍保留了七聲古風。我嘗聽客家友人說他在讀小學時以爲全世界的人都說客家話，上了國中認識了更多同學，發現大家說的語言不同，才知道語言的多樣性。馬祖的孩子也是如此，直到因就學或就業遠赴台灣本島時，才發現周遭朋友與同學的母語都不同，驚覺語言真如巴別塔，人與人之間的溝通並非易事。

一九四九年國軍自大陸退守馬祖列島，帶來了各省數十種口音，南竿島山隴獅子市場的魚販大嬸學得可快了。每天清晨，負責採買伙食的阿兵哥就常在市場聽見大嬸拿著鋒利的魚刀向他們招呼：「阿兵哥，要不要命？」這句話讓初來乍到的年輕充員兵驚愕不已，直到又聽到她們用閩南語補上一句：「今天早上才上岸的，新鮮的哦！」才恍然大悟她們剛才在用國語夾雜著福州語再追加幾句閩南語來推銷她魚攤上新鮮的鮸魚。

昔日馬祖列島與台灣本島僅有海上交通工具可供人貨搭載，運補艦每旬自基隆港來的那天，是島上的大日子。南竿島上馬祖港港口人聲鼎沸，自白日直到凌晨不絕。福州語、國語、山東腔、四川腔、東北腔各種聲音穿梭在熙來攘往的人潮中，令人寸步難行。在交通不便的年代，到台灣本島的旅程極爲困難，赴台的家人往往一年半載無法見面。由於運補艦入出港要配合潮汐，清晨四點媽媽就會摸黑起床，一邊拭淚一邊爲家裡將要出遠門的孩子準備一碗壽麵與太平蛋當早餐，碗裡盛滿了不捨與錐心的掛念。

在一九五〇年代可見到美軍顧問團的軍官騎著少見的重型機車在戰備車轍公路上呼嘯來去，馬祖的孩子們遇到他們時都會向他們哈囉哈囉地打招呼。但真正與居民有長期親密接觸的西方人士，則是後來的天主教神父與修女。一九七一年比利時籍的石仁愛修女來到馬祖南竿島，她曾服務中國大陸察哈爾、內蒙與江西等地，被中共遣送出境後輾轉來台，陸續在台北、金門等天主教醫院工作。由於有護理訓練的專業背景，她在新成立的馬祖天主教會裡開設了海星診所協辦醫療服務，爲那時缺乏醫療資源的民眾提供身體照顧。當時提供服務的都是野戰醫院的男性軍醫，而石修女可以到居民家中居家照顧，無論日夜願意幫產婦接生，因此很受到在地婦女的歡迎。石修女說得一口流利的國語，但在鄉里路上卻常會遇到以英語和她打招呼的義務役軍人。雖然英語並非她的母語，她還是慈祥地用帶著法語口音的英語和義務役弟兄聊天，同時也一定會好意勸導他們戒掉手裡夾著的長壽香菸。

一九九二年，馬祖解除了近四十年戒嚴時期的戰地政務，各項民生建設如機場港埠等接續展開，大型公共工程引進了許多東南亞的外籍技術人員。又由於人口持續老化，民間日常生活的照顧需求也使許多家庭出現了東南亞來的家庭看護員。每年固定時段，就可以見到這些年輕的外籍工員在雇主帶領下到島上的公立醫院作例行健康檢查。除了少數操著腔調極重的菲律賓英語外，他們大都說泰國語、緬甸語、印尼語和越南語，又不諳中文，所以必須有通譯，不然就只能和醫護人員比手畫腳來溝通。我有位朋友曾說除了平常照顧他長期臥床的媽媽之外，他家的越南看護員最喜歡跟他去海邊釣魚。雖然彼此無法完全理解對方的語言，但是每當他釣到十幾公斤重的大尾鱸魚時，她就會興奮地尖叫，手舞足蹈地跳到海水裡把魚抓上岸來。可是兩年契約期滿後，她就轉僱到遠在加拿大的另一雇主家裡，繼續離鄉背井操著另一種半生不熟的語言照顧行動不便的老人，老人家也要重新適應新來的外籍看護員。而看護員在幫老人起床梳洗餵食沐浴的互動間，再重新建立彼此的連結，除了國語之外也多少學了些日常會用到的福州語以便溝通。

許多異國聯姻的媽媽則長住馬祖數十年，她們在自己的小店裡用福州語招呼著顧客，甚至比左鄰右舍說得還道地呢。除了湖南、四川火鍋店早已在島上開張多年之外，越南、高棉小吃也在昏暗的巷弄裡陸續亮起明亮的燈。許多來馬祖作客的朋友對街頭巷尾的福州語口音總覺得新奇，對臨別時老人家好客的叮嚀則記憶猶新：

「記得再來馬祖，卡蹓哦！」

散文

第一名

陳世纘

距離、記憶

無憂無慮是一種無知的幸福？如果是也只是短暫數年。

年幼時期，不知生活的苦難和艱辛，終日奔跑於山間海濱，抓金龜子，追逐浪花，盡情揮灑專屬於這個年齡層的特權，除了年齡之外，身體和歲月也一起催促著成長。稍微懂事之後，淡淡的、淺淺而不甚明瞭的生活印象漸漸的鐫刻在腦海中，勾勒成錯綜複雜的生命地圖。

我只知道大人永遠是早出晚歸的爲生存而奔忙，半山中的旱地只要是可以開墾成短短一畦的地方都能翻成栽種地瓜的一塊田地。六十年代前，每家每戶都是經濟拮据米糧缺乏，好栽種管理也俱有頑強生命力的地瓜就成爲民眾的主食。每年冬天一到，冬北季風開始吹的時候也就是地瓜收成儲藏時，每年地瓜堆滿房子如一座小山的情景仍然歷歷在目；還有曬不完的地瓜籤，乾燥之後裝入麻布袋謹慎儲藏，而大鼎內永遠沸騰著一股有著淡淡甜味的黑黑的地瓜籤粥，粥裡偶爾翻滾著些許可數的白米。馬祖人的生命力就好像是地瓜的縮影，堅韌頑強而不屈服。

馬祖絕大部分的孩子都是這樣長大的。

物質缺乏的年代每個小孩子都是面黃肌瘦，肛門一直在搔癢著，腸道裡也一直有蛔蟲，肚子也一直餓著。於是部隊裡老士官雞窩裡的雞蛋就成爲我們覬覦的目標，順便也帶走漁人曬在門外的墨魚乾到山區烘烤，也差點引發成火燒山的意外；而偷挖地瓜生吃更成了家常便飯，我不知道饑寒起盜心是不是這個意思，但也似乎沒有那麼嚴重，如果是卻又那麼沉重，也請物質不虞匱乏的現代孩子原諒我們那個時代的野孩子們，我們都是這樣子過來的。

及長，入小學，也知道有台灣這個地方，感覺陌生到遙不可及，長一輩的人告訴我們說：長大之後要出去，要去台灣工廠上班，這裡太苦了。他們說：無論命運出價多少，我們都要買一點。看！多有哲理的一句話，這是生命不斷焠煉成的智慧結晶。

記得小時候不知道什麼叫做距離，什麼叫做遙遠，在北竿這個地方兩腳可以走到的也不過三十來分鐘，所謂的距離也不過這三十來分鐘的腳程。對鮮少出遠門的在地小孩來講，沒有人會想去丈量其他地方距離的遠近。

長大之後去遠地求學工作便成一種必然，漸漸地也體會到距離的意涵，馬祖和台灣之間的海域我們將之稱為「台灣溝」，橫亙於台馬之間的台灣溝是一種距離，是那

〈曬〉　吳富美／攝影

麼的遙遠陌生。遲緩的運補艦永遠是那樣的老態龍鍾的在台灣溝裡搖晃，它沒有詩情畫意，它載走了多少的鄉親漂洋過海，茫無所從；也載著國中剛畢業的青澀毛頭小夥子航向不可知的未來。這彷彿是一種賭博——一場沒有莊家的賭博。不知道誰輸誰贏。

在台灣混了八年（前兩年每年都回家兩、三回），也讀了一所私立高中，也當完了兵，好像也不知什麼叫做怕。這其中也自己一個人去半工半讀，攢付學費、生活費、房租費。你，沒得地方貸款。

高中三年，在我這個早熟的心靈裡告訴自己說，學費等一切在外的開支都要靠自己攢存，私立這兩個字對家裡的父母親而言是沉重的負擔，起早回晚的高中歲月也就這樣子的在撙節之中走了過來了。辛苦嗎？有一點。畢業後反芻那段日子竟然是苦中有甘，餘韻悠長。猶記得一晚下課後在一小巷子裡被幾個小嘍囉打得課本掉了一地，小嘍囉哄散之後撿起課本疊好，點了一根菸若無其事的回住所，也自以為瀟灑。之後也談了一陣子不大成熟的戀愛；在小河邊，在碧潭，兩個人啃著燒烤的雞脖子；最奢侈的了不起是去看一場電影，或在碧潭划划船……回憶是反胃的酸水，味苦，但你還是得把它吞下去。

畢業之後，緩徵了一年半的我急著還給國家應盡的義務，記得之前身家調查、體檢、抽籤、入伍都是自己一個人在處理，馬祖在外的孩子許多事情都要自己打理，因爲沒有人可以幫你。

兩年的軍旅生涯很快的就過去了，母親爲了家中第一個去服兵役的兒子，特地來台灣接我回鄉。猶記得在板橋車站入伍時，面對人山人海的送行人群難免鼻酸。離高中三年，當兵兩年，前後約六年的時光在外游移。離家六年了，我要回到馬祖北竿芹壁村了。離回家的日子愈近，我愈膽怯；所謂的鄉愁反而在我的心頭上翻江倒海。

由芹壁村海邊道路旁階梯拾級而上，抬頭一看，一個農父正挑著一擔甘藍菜小心翼翼的往馬路下走，這個老農就是許多年不見的老父親，一時之間我心中五味雜陳，喉頭哽咽，我輕叫一聲「爹」！

回鄉之後才知道歲月凋零了幾個老人，山中田地也荒蕪許多，芒草比人高，其他藤蔓也肆無忌憚的攀附著，父親和我多墾了幾塊荒地。我們種下了茄子、青椒、大白菜、白蘿蔔、大冬瓜、小西瓜，以及青蔥和大蒜等。在收成的日子裡幾乎每天都要趕

〈芹壁聚落〉　張遠非／攝影

早市到塘岐的市場去擺攤販賣。戒嚴時期無論出海與路上通行都要在凌晨三點之後，這個時間芹壁的、坂里的、上村的，或偶爾有白沙村的菜農們挑著一擔擔蔬菜全集合在上村的復國堡休息兼聊天，三點一到每個人都挑起沉重的擔子「衝」下塘岐；沒有哪個人在中途下擔喘氣休息，肩上的擔子挑著一家老小的溫飽，一路上他們只有左右肩在互換著，「衝」，只是爲了在市場上搶一個較好的攤位罷了。

有一年父親和我算一算父子倆一年來兩人的務農所得是二十萬出頭……農父們！辛苦了。

記憶像鐵軌一樣長，聯繫著馬祖台灣兩地的臍帶，馬祖的孩子不管出門在外打拚，或是鮭魚返鄉都是在尋求一種最適合的生活方式；愛鄉嗎？是，愛家嗎？是，但是愛鄉，愛家經過這些年來被政客操弄得何其八股。灩灩隨波千萬里，何處春江無明月，何處無明月？惟故鄉明而已。

記憶如潑墨山水，一氾濫便成災；記憶是過往，我們要編織成錦，高掛心上的廳堂。

〈午後〉　陳文豐／攝影

無論是在外奮鬥或在地生活都是馬祖生活記憶延伸的一部分，這些馬祖的記憶烙印在每一個出外的，在鄉的孩子的心中。馬祖的生活意象靜靜而綿長的在每一個人的心中著床滋長。

〔評審意見〕

準確的說，作者所說的距離，不僅僅是客觀的空間概念而已！當他把距離和記憶聯繫起來之後，他所指的就是「遙遠陌生」以及因為城鄉差距而生的鄉愁了。通過平實的文字敘述，作者寫出了馬祖與台灣之間的生活距離，可為了生存卻又不得不漂洋過海的現實宿命。小時候，所謂的距離不過三十來分鐘的腳程而已；長大後，為了討生活，於是體會到距離是橫亙於台馬之間的海域。因為距離，於是有了對馬祖家鄉的鄉愁；也因為距離，回鄉生活之後的台灣變成了記憶。「像鐵軌一樣長」的記憶，於是就成了「聯繫著馬祖台灣兩地的臍帶」。筆調雖然是有那麼一點淡淡的哀愁，卻也隱隱透露著似淺實深的馬祖人無奈的生活哲學。（藍博洲）

作者簡介

陳世鑽

民國四十八年出生於馬祖北竿芹壁村，中小畢業於在地學校。六十三年國中畢業後，年底隨即赴台學習一技之長，走上每年國中畢業生幾乎都必須走的路（也一起把戶籍遷往台灣）。三年後念高中，私立學校的學費很高，三年的工讀日子很辛苦，但是也就這樣過來了。六十九年高中一畢業就入伍下部隊。六十九年十月一日入伍，七十一年九月三十日退伍，數饅頭的日子緊湊而匆匆。

七十一年退伍之後，當了兩年的「農的傳人」，七十三年考上北竿剛成立的電信局至今。

得獎感言

文學是什麼？這是一個因人而回答的問題，但是文學跟人類有距離嗎？有，也沒有。許多人把文學殿堂化，變成了一種高不可攀文字遊戲，變成了專業，這是文學的距離。大凡把一種日常文化、文學讓人類感到難以親近的時候，文學的危機就產生了。自古以來流傳千古的文章都是從熱愛鄉土，刻畫人類的生活感受來書寫，如此才能傳之久遠。

連江縣主辦的首屆文學獎將是馬祖未來文學種子開枝散葉的時候。

感謝連江縣政府，印刻文學。

第二名

葉衽榤

坑

當手上的斧頭落在石頭上時，你驚覺原來四周是如此的孤靜，即使鑿穿壁石的聲響此起彼落，你卻聽不到一絲交談的細語。很多年以後，這個被稱之爲鬼斧神工的地下碼頭，仍然很寂寞的隨潮來潮去，用一種神祕而詭譎的氣氛，沉睡成一片太平的風景。

午後，你拿著很沉重的斧頭，戴著不透氣的盔帽，爲了打開一條安身的航道，用雛弱的雙手緊握著大斧撞擊石塊。石山的內部全是堅硬的花崗岩，用一種頑童的表情與你抵抗。我無法理解，走起路來已經有些拐的你，眼神裡那種陌生的堅強是從何處冒出來的。你說，你也記不得了，而當多年之後你回到這裡，你才驚覺這一條航道是不可思議的傑作。

雲台山上的草並不很高，邊坡草地上的花也稀落，我在山頂細讀著你留下的幾頁日記，用便紙很隨性記下的那些字，有些部分已經被弄潮看不清了。你當時對窸窣一陣就溜走的光陰，顯然毫不在意。彷彿生命已經破了個洞，不斷擴大的洞，會噬去人對時間的觸感，對歲月的悠悠全然未知。

你聽說過彼岸來的水鬼兵厲害凶猛，會用短刀在人身上戳開莫大的窟窿，因而眾弟兄對此都小心翼翼。可是你未曾料到，己方的火藥會在自己的身上灼開個坑。被沉默的石塊擋住的未來，你們決定用火藥去打開，只是在處處皆是梗硬的崗脈外爆破是如此的危險，你霎時就被紅豔的火花蝕出個坑洞。你彎身拾起了斧頭，乾燥的嘴唇微微的顫抖著，拿著斧頭的你鮮血汩汩流下，在坑道前就像鬼神。

之後，貌似你身影的塑像被矗立在地平線上，被陽光照耀，被微風輕輕的吹拂，偶爾雨落在暗紅色的表面，像極了汗不斷滑落。我總是猜想，那種將肉身化爲鬼神一般，在林崖與河山間汗浹成路血淋鑿洞的人們，長年累月都在磨製一項看似永無止境的工程，會不會，某夜在歸家的月光小徑上驚覺到青春的消散。然而此刻經過北海坑道入口前的遊客，用一種很柔和的眼光望過五個士兵塑像，他們未曾將你視做鬼神，只是詠嘆坑道裡的陳設。

也許有不少人聽說了英魂營建坑道而犧牲的傳聞，因此在穿梭過昏黃的坑道時若有所思的憑弔。歷劫返來的你變得異常沉默，像在曠野之中奔馳的野兔，被追逐時壓低了生命的傲氣，躲避目光眈眈的虎視。有時你說你看開了，世界是間大屋，不過是暫時借我們住的罷了。我信。但當我翻箱倒櫃找到你留下的幾張破紙，我才悄悄的接

〈北海坑道〉　陳建勳／攝影

近了你所謂的豁達，那是黑暗中的蕭邦。一陣短暫的喧鬧經過坑道後，他們的憑弔不曉得是否含括了你。

身體上的坑洞漸漸痊癒了，你也未曾說過痛，只是當它開始長起息肉，你似乎恢復了生命裡的某些東西，開始規劃起離開軍旅的日常。雲台山在晴朗時，可以遠眺馬祖諸島與彼岸山河，東莒西莒也近在咫尺，連北茭半島也能輕易而睹。你慢跑在南竿的日子裡，嘗試自我修補，填滿生命部分的缺口，感受滯留的風在膚上的徐緩，看看明暗的天與壤橫生的種種趣味，有時藉著雨後的虹想念遠方。但你殊不知，身體的隙縫裡躲藏了命運的惡作劇。相安無事後的很多年後，它化了膿血，清除後還可見到小骨頭，你卻不在意，奏起小狗圓舞曲。

我將你留下的幾張便紙日記全數燬盡了，你應該要將這些帶走，這些幾乎是坑道的地圖指南，這些是你記載著在坑中前行的挖掘史。每次爆破後揚起的灰塵使工作無法迅捷完成的細節，還有那些殉身骸殘的畫面，夾雜著你後來日子裡的記憶片刻，短短幾字的都留在便紙上，壓在櫃裡的角落幽幽存活。現在這些重見天日了，光與影都讓它們很嘹亮的唱起歌來，也許是爲了陪你吟遊四方。當它們化成了灰，我深信灰燼會與泥土一起去填補你心中的坑洞，打開另一端容納船隻的坑道，看見和諧的世紀。

山的另一端沉睡著許多悲傷，被苔蘚與野草圍繞的將士們，沒有言語，用靈魂感光，感受著沒有戰火延燒的現在，有時，也許會去看看遊客模仿北海坑道塑像的拍照動作。海中懸日月，洞裡擁乾坤，再美的如畫的句子也不能填補青春的空洞。碧玉般的水色浸染了坑道，海水一來就灌注閩東的肚腸，我將紙灰帶到海邊隨風而逝，你若想長駐水道就任潮水帶你回去。

或有那麼一日，人們會發現坑道中搬運石塊的塑像有個疤。

當遊客們離開這裡，一一往赴八八坑道，你會摩拳擦掌的完成生命的建設。

〈砲彈步道〉　陳鳳珠／攝影

〔評審意見〕

作者透過挖掘戰事坑道的實際經驗，對比歷史的今昔，那些曾經因挖掘爆破，而受的傷可以是個人的，也可以是當時一群人的共同象徵，甚至是一個對峙時代的傷痕。從私人的情感抒發沉重的歷史感，作者以短小的篇幅彰示感懷歷史的大企圖，鏤字深刻，修辭鍊句間，情感具感染力。（蔡素芬）

作者簡介

葉衽榤

玄奘大學中文系畢，現就讀國立台北教育大學台文所碩士班，興趣是研究台灣文學，學位論文爲文學論戰研究。水瓶座。相信人降生於世皆背負著天命。喜歡在夜裡書寫，讓文字在黑暗中展翅飛行。最近有時失眠，便起身撰寫耽擱已久的長篇散文。曾獲基隆海洋文學獎、采風文學獎。

得獎感言

身體是一部戰爭史，紀錄了一生與病痛擦傷搏鬥的痕跡。綿綿的歲月掉落在癒合的陰暗面被放逐了，歷史則在坑洞裡隨海水神出鬼沒。而我，將帶著關於生命黑黑黑白七彩絢爛的謠言繼續著未完的旅程。感謝主辦單位與評審，還有北海坑道。

第三名

秦就

啜飲一口樂道水

一

那時一上西莒，都先集中到幹訓班，那裡有抽水馬桶但沒水，上完廁所得自己舀大油桶裡泛著油光的水沖，桶裡裝的是洗碗水，連洗碗污水都要省，就知道缺水問題的嚴重。指揮部終於決定建一座兼具民生、戰備及灌溉的水庫，地點選在島北方的開放形山谷，那裡東北季風吹起時，終日不停的呼呼風聲，像個嘮叨的老太婆，許是這樣，該地地名嘮叨澳。

二

在外島建水庫並不容易，灌漿用的碎石、沙、水泥都是問題。

於是每到黃昏時刻，常會從遠方傳來悶雷的聲響——沒有碎石，那就炸岩磐吧！第二天早上，士兵便來把碎石撿出，稍大的用碎石機碎，放不進碎石機的大石，就派公差用鐵槌敲到可以放進去的大小爲止，做這差事的都知道石頭不易碎，但人的骨頭，一天下來，倒像要震碎了，更別說整個人都被煙塵染灰染白，耳朵震到重聽。

沙子從坤坵取得，退潮時挖土機深入海灘挖沙，然後先在坤坵放上一陣子，讓日曬雨淋洗去海裡的鹽分。

水泥則從台灣進口，清運時，先堆在青帆港。終於大灌漿的時刻來了，全島士兵都不能缺席，據點只留兩名衛兵，通常是病號站，從早上六點站到晚上十一點，算是最輕鬆的勤務。

每包重達五十公斤的水泥，一車車載到工地，平常不用出力的排長，也身先士卒加入搬運的行列，灰頭土臉的軍官，最能振奮士氣。

工地現場，從水泥、沙、碎石的供應，到混凝土接送，都使人揮汗如雨，即使天色暗了，也不能停下，點上清運時所用的照明燈繼續趕工，只因水庫的壩體要一次成形，如果分兩次灌，不同時間灌漿的壩體，容易產生決裂而潰堤，所以大灌漿是二十四小時日夜輪班風雨無阻的！

構工期間有泥水工、模板工、綁鐵工等技術工編組，他們片刻不能離開工地，尤其模板工在灌漿時，一定全程監控，一旦爆模不但毀了工程，還可能弄出人命。連上

〈莒光暮色〉　陳偉倫／攝影

有個模板工，累到連洗澡的力氣都沒有便熟睡了，第二天起床，眼睛竟張不開，原來前一晚曾灌漿，睡著後眼睛的分泌物和沾在臉上的水泥灰起了作用，睫毛硬是這樣黏在一起。那模板工熬不過這種苦日子，竟要求長官關他禁閉，說這樣至少可以睡飽些。消息傳到脾氣火爆的營長耳裡，也沒令他生氣，只說了聲：「門都沒有！」

第二天營長親自出馬叫模板工起床，沒想到那模板工竟累到「仙叫都叫不起來」，一時之間傳爲笑談。

經過如此磨難，島上不再有細皮嫩肉的士兵，人人手上先是起水泡，最後結痂長繭變成「死皮」，成爲曾在島上生活過的印記。

三

據說因爲嘮叨澳的名字不好聽，所以水庫建成後取名樂道澳。

水庫開始儲水了，卻因爲優氧化嚴重，水中五味雜陳，沒有人敢喝水庫的水，指揮部於是決定增建清水、沈澱、過濾池等設施。

這些工程完成後，水庫總算完工了吧？還沒！

他們發現靠海的土坡有坍塌的跡象，水庫安全堪虞，乃決定做一面擋土牆。當年的碎石機早已老朽，猶如一堆廢鐵，所以炸岩也無濟於事，而新任指揮官似乎沒有進碎石機的計畫。

所以不建擋土牆了？

鈴鈴鈴，急促的電話聲，打破了大家的美夢。安官拿起手邊的筆，沙沙沙抄寫著電話紀錄，內容竟是：第二天全營士官兵全帶著臉盆，到樂道澳舉行營早點。

天底下最殘酷的，就是在冬日清晨天未亮時，強迫別人離開暖暖的被窩，餓著肚子到澳口吹北風，所以每個人都擺出一副臭臉聽營長的任務指示，等他一說完，全營便像被丟了炸彈，迅速在海邊散開。

任務是搶石頭，是的，搶，沒有石頭我們便向大海搶。搶石頭得配合潮汐，這就是爲什麼得一大早到海邊的原因。

〈羈縛〉　王君霖／攝影

建完擋土牆，水庫工程總算完工？仍舊沒有，長官覺得擋土牆不夠高，決定加高……

四

那段時間，正值馬祖冬季，白天氣溫三到五度，澳口即風口，喝水時滴下的水滴，立時散成細霧，飛到無盡的遠方。用原始的鐵皮圓鍬攪拌水泥，很容易累，卻沒人敢停下來，因爲一停下來，冰冷的汗水會令全身凍僵。

爲了避風，吃中飯時都躲在廢棄哨所，中午該是溫度最高的時候，而我有頭套、防寒大衣、懷爐等裝備，卻仍渾身哆嗦，於是問一位用完餐，正打盹的士兵說：「我覺得快冷死了，你不覺得冷，還睡得著？」

「因爲我們有祕密武器呀！」他用神祕兮兮的口氣說。

「什麼武器？現在馬上繳械和我分享！」我好奇追問。

「那你答應不准笑！」

「不笑，不笑，笑的是烏龜。」

那士兵扭扭捏捏拉起褲管，我一看，還是噗哧一聲笑了出來，這一笑引來眾怒，於是其他人也對著烏龜撩起褲管。

原來他們不冷的祕訣是穿女性絲襪！

軍隊的工程是永遠做不完的，一座水庫建了十幾年，不知多少人曾經參與，多少人的青春歲月在構工中流逝。每每累到極點，抬頭望天，總可發現定風鳥一動不動逆風貼在天空，彷彿一張靜止的相片，於是時間靜止了，而靜止的時間會讓人覺得退伍日遙遙無期。

〈紋〉　蔡競瑩／攝影

五

我們終究還是退伍了，多年後，和當年一起在西莒的同袍見面，提到樂道澳時，有一刻，我們的眼光都不約而同看向至今仍遺留在手上的厚繭，接著又都望向遠方，彷彿可以眺望到那一泓水。

「那麼多年了，樂道澳水庫總該完工了吧？」

「誰知道？軍方的事，總是說不準。」

他拿起手上的杯子說：「有機會，該一起回到島上泡壺茶！」

「嗯！一起回去泡壺茶，」我們異口同聲笑著說：「用樂道澳的水！」

那一定是壺好茶，因爲會愈喝愈回甘。

〈紅花映古牆〉　葉志泰／攝影

〔評審意見〕

本文乃作者的軍旅回憶，描述當年在西莒島上的構工經驗：為興建一座兼具民生、戰備及灌溉功能的水庫，官兵們日以繼夜全力投入。作者的語言生動自然，栩栩呈現出外島構工的艱苦樣貌，一波三折的工程彷彿永遠做不完，就像「退伍」般遙遙無期。及至退伍多年後，同袍間津津樂道的也仍是當年的水庫構工；結尾想與同袍一起回外島泡茶，而且就用水庫中的水，頗有苦盡回甘的生命況味。（羅葉）

作者簡介

秦就

預官，在馬祖西莒服役，京都大學文學研究所畢，現任職高雄縣樹人醫專。曾獲雙溪現代文學獎小說、散文、新詩獎、全國學生文學獎、《中央日報》報導文學獎、長榮寰宇文學獎、聯合文學小說新人獎（改編為電視劇《鴿》，公視）、教育部文藝創作獎等。著有歷史小說《台灣第一世家之一：船王鄭芝龍》、《台灣第一世家之二：台灣之父鄭成功》、《禪味京都》、公視劇本《打拚——台灣人民的歷史》，譯有《經典日本文學有聲故事集三》等。

即使退伍後不久就負笈東瀛，在那裡每年冬天都可以看到雪。但至今覺得最冷的地方還是馬祖，風大、潮溼、與世隔絕，都加深了這種感覺。馬祖的冬天真的超冷！

但馬祖也是最溫暖的地方，眼中所看到的事物，都是士兵們一磚一瓦、一點一滴用青春用血汗累積起來的，而這些付出與記憶，正是曾在那裡生活過的人，所能獲得的最珍貴寶物。

佳作

張東瀛

南竿，一九七三

啟航

無灞橋煙水，也無十里長亭。夜晚的基隆港，星空映照船影，冷豔中帶著淒涼。悄悄地，登陸艇開始移動，越過東方皇后號，就要離開碼頭。不久，岸上的燈光終於消逝。雖說男兒志在四方，冒著九級風浪出海，心境卻瀟灑不起來。忽然間，一個巨浪打來，船身晃了兩下，坦克艙中的人和背包，如同煎鍋裡的香腸，不停地翻滾著。不知過了多久，終於聽見有人大喊「看到陸地了」。從搖擺的甲板遠望，馬祖列嶼像在潮中下碇的風帆，不停地起伏上升。下午一時三十分搶灘。我要報到的地點在鐵板，還有一段路要走。車子在山道上拐來拐去，遠方傳來砲聲隆隆。到達連部，天色已暗。吃過飯，在燭光下才發現，餐廳原來是蘆葦搭蓋的草寮。

港口素描

儲水澳西南方有一座廢碉堡，看來是五零機槍陣地。三向開窗，從射口可以遠眺海面。太陽偶爾露個臉，一下子又躲起來。若是春雨綿綿，羊腸小徑準是泥濘滿布。從露儲場可以俯視港口和西尾，放眼北望，第三根通訊桿盡頭，就是北竿和高登。

三、四月間，春霧正濃，馬祖港宛如罩上白紗，只聽到氣笛聲嗚嗚乍響，霧薄時候，諸島就在虛無縹緲間了。

媽祖廟前，有幾個人在編竹筏。粗大的麻竹先用草繩捆綁，再塞上木楔，便緊靠一起。有一次我從小徑下山，看到一艘漁船正在海裡衝浪。金黃色陽光，從灰黯的雲隙撒落，風很急，浪很高，雷電交加，小舟卻不屈不撓。年輕力壯的負責打漁，老人和婦女忙著煮魚、曬魚。丁香魚在陽光下閃閃發亮，孩子們聚精會神把玩彈珠。像他們那樣的年紀，我也常在地上流連，曾幾何時，看到玻璃珠子，卻有陌生的感覺。

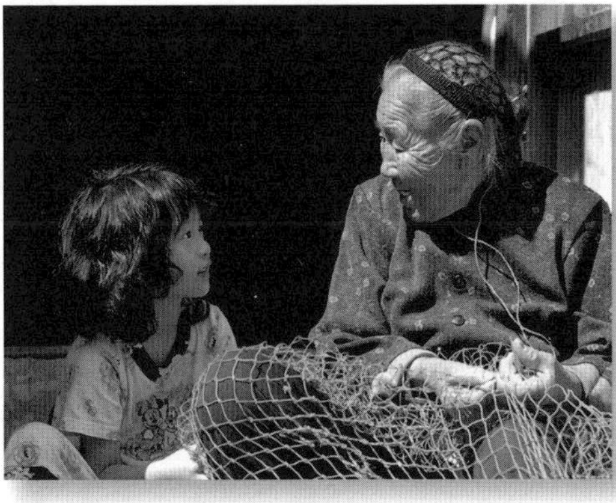
〈訴說當年〉　陳文豐／攝影

戰備演習

潮水沖擊岩石，浪花飛濺。梅石澳口，不時傳來稀稀落落的槍聲。還在睡夢中的鳥雀，突然從樹叢飛出。一九七三年九月二十七日凌晨五時三十一分，金池二號演習的第二天，我們已經在壕溝裡蹲了一夜。天氣有點涼，太陽仍在地平線下，只有幾道紅霞，偶爾從濃密的雲層穿出。

排陣地在六八高地前緣，左方是第一班，右方是第二班，兩挺機槍火網交叉，剛好封鎖澳口。第三班在高地背面，傳令不時跑上跑下，一下子毒氣來了，一下子心戰喊話。幾度喧嘩過後，周遭又恢復靜寂。秋桂山一帶，看來十分安祥。天主堂旁邊有幾頭乳牛，悠閒地吃草，我卻擔心，那兩箱手榴彈全是真的，不曉得會不會有人好奇打開。驀地，一片血紅映入眼簾；石蒜花正盛開，讓人怵目驚心。從望遠鏡裡，隱約還可見到蘆花在微風中輕搖，朝露點點滴滴。

幸運草原本下垂的葉子，不知何時展開了。海風陣陣吹來，天空沒有一絲雲彩。好不容易捱到傍晚，一眉新月在落日餘暉中閃爍著。敵軍已經奉命休息，弟兄們也取出便當大口吃著。傳令兵把一張「請把飯多裝一點」的字條放進空飯盒。他不知道，過了今晚，演習就要結束了。

戰術行軍

午夜時分，沒有月亮。全副武裝的戰士，由儲水澳魚貫而出。途經秋桂山，風不太大，只是有點刺骨。部隊過了珠螺，霧氣從海面掩至，星光逐漸消失。戰備道微微可循，小徑已被暗夜吞沒，兩公尺外一片漆黑。走過一段下坡碎石山路，幾個弟兄東倒西歪，所幸只是有驚無險。

步兵碉堡幾乎全在海邊。耳際傳來怒濤拍岸，猶勝萬馬奔騰。值班的哨兵，在寒風中經常凍得發抖。這些充員戰士，眼看著牆上蠟炬，不知何時返台，難免跟著淚痕斑斑。沿著海岸繞上一圈，最快也要四個小時。回到駐地，濃霧瀰漫山谷，兩碗熱粥下肚，寒意盡除。不久，遠處傳來幾聲雞啼，天尚未破曉，井邊的轆轤已經轉個不停。

〈爭取最後勝利〉　吳安苓／攝影

浮生半日

天氣相當晴朗，坐在碉堡裡，不時聽到鳥鳴。桃花初綻，春日已近。樹林裡的斑鳩突然展翅，似乎發現有人偷窺。隔壁步兵的公雞，喔喔叫了幾聲。通往海灘的小路，被無情的雷區阻隔，不知危險的牽牛花，卻放肆地爬滿四周。

池邊的芒草，長得約有一人高。從壩頂流下的山泉，經過層層土石，到達下游彎曲處，已經變得清澈透明。山谷背風面，林木相當茂盛。松果早已掉光，殘存的楓葉與藍天白雲相映，分外悅目。澳口的海水，平靜無波。桃花正在吐蕊，迎風漫步，有一種酸酸麻麻的感覺。陽光照在臉上，很溫暖，原來是三春暉。老枝奮力抽出嫩葉，小蟲忙著翻開新土，當相思樹綴滿黃花，蟬聲響起，我也要買棹歸航。

長亭更短亭

細雨打在玻璃板上，冷風夾著水氣吹入車窗。我拉高衣領，突然發現山隴和清水在雨霧裡顯得格外青翠。遠處漁帆片片，山路蜿蜒曲折。峰巒路樹、滿布偽裝的碉堡和石砌小樓構成一幅美麗的圖畫。車過八角亭，微雨初霽，不覺想起李白的《菩薩蠻》。兩年的軍旅生活，即將在南竿的碧空下結束。這裡，無曉角悲鳴，無薤露垂淚，卻有戎馬的倥傯，和喚不回的青春歲月。遠離市囂，面對千山萬水，一朝回首，方知所見，仍是十里紅塵。

又是五月黃梅天。聽！碉堡外狂濤怒吼，風過蘆葦，絲絲作響。歸期已屆，再會吧！南竿。

後記

〈南竿，一九七三〉，是我的服役側寫。歷經多年，走馬燈般的回憶，沉澱出這篇短文。彼岸花正紅，腦海中一再浮沉的影像卻是暮春時節，儲水澳的野百合與鐵板的轆轤。當年因緣際會，如今物換星移。謹以此文紀念一九七三至一九七四戍守戰地的馬祖同胞和弟兄們。

〔評審意見〕

回望一九七三年服役馬祖的經驗，對往日多所眷戀，從船開航，到在馬祖所經之處的印象，和軍旅中的點點滴滴，取樣雖有限，但行文間情感充沛，可見作者對地理時空之有情，也具現了部分的馬祖人文與風情。作者用字雅麗，使點描式的分段敘述呈現出如畫般的優美情境與情懷。（蔡素芬）

作者簡介

張東瀛

一九五〇年生於台南市，
台北工專三年制工業工程科畢業，
成功大學外文系畢業，
中央密蘇里州立大學碩士，
一九七三至一九七四服役於南竿陸軍六十八師，
曾任台電核三機械工程師，
現在從事電腦多媒體、語音輸出及辨識軟體設計。

在馬祖的一年四個月，是我一生中少數既深刻又美好的回憶之一。〈南竿，一九七三〉是當年日記裡幾個發黃片段的組合。退伍前夕，我把腦海中的地圖刻在便當盒底帶回台灣，怕的是有一天會忘了這塊曾經相依為命的土地。

馬祖列嶼原本就是海裡的一串珍珠。即使歷經烽煙，睽違數十年，她的風華依舊迷人。感謝馬祖文學獎讓我再一次重溫舊夢；「農場過去有橋，橋底山澗石塊密布。過了橋，便是津沙村，遠遠望見海水滾浪而來……」

佳作

劉宏文

馬祖高粱酒紀事

之一

我第一次見識到馬祖高粱酒的威力，是在國小五年級的時候。那時的馬祖尚未推行植樹造林的政策，海岸山丘一片荒涼蕭索。花崗岩壘砌的石屋，東一團、西一簇的群聚在背山的窪地與臨海的岬灣邊，遠遠望去灰灰黑黑的，難得見到一棵可以雙臂圍抱的綠樹。到了冬日，漫山遍野盡是枯黃的蒿草，原來隱藏在草堆裡的巉巖巨石，此時皆裸露出來，斑斑駁駁的散落在山坡上，幾隻山羊危顫顫在枯草巉巖間奔逐。乾冷的北風受大陸高壓逼迫，越過海水沒日沒夜的撲襲海島，也刮走了累積雨水的雲氣。整個冬季苦旱缺水，氣溫常在攝氏零度邊緣徘徊。

我們村子僻處島嶼北邊，缺乏避浪擋風的港灣停泊漁船，各家戶多以務農爲生。冬季是馬祖蘿蔔與大白菜的產期，需水孔急，村內唯一的一眼水井卻因乾旱而水源萎縮，各家戶每日僅能分配兩擔水，供燒水煮飯之用。至於灌溉用水，必須按照排定時

〈古色古香〉　趙立仁／攝影

間到村外山坳下的一口水塘輪班「等水」，將塘底冒出的山泉一瓢一瓢的舀入水桶，再挑至田間施灌。脆嫩嫩的大白菜與甜滋滋的蘿蔔就是這樣「等」出來的。那時，「等水」這個耗時卻不甚費力的活，很自然就落到小孩子身上，也是村裡孩童最重要的家事。

一個冬日凌晨，天光未露，我即從鋪著以蒿草當床墊的被窩爬出，準備到村外水塘接四點的班。天冷的手腳有些僵硬，連鼻涕都凍著了。我將冬天的衣物全數穿上，再裹上已經露出棉絮的破棉襖，腳上套著一雙撿來的廢棄軍鞋，仍不足以抵禦穿透脊梁的寒意。正要哆嗦著出門，依爹突然喊住我：「等一下！」我原以爲他要我再加穿一件村公所發給他的民防隊軍大衣禦寒，我一邊回答：「不必了。」一邊推門而出。只見依爹手拎著一瓶三百毫升裝的小瓶高粱酒，趕上我，哈著寒氣說：「來！啜一杯再去！」我正奇怪依爹平日只喝自釀的紅糟老酒，怎會有高粱？而且還要我喝它？我還是小孩子

〈柳暗花明〉　楊修中／攝影

呢！「啜了！就不冷。」依爹說的很果決。我接過酒杯，學他平日喝酒的模樣，將酒在鼻前嗅了一下，仰頭一飲而盡。只覺得一股灼熱辛辣的液體從舌頭直竄胃底，一團熱氣立即衝上腦門，臉頰暖烘烘的，舌頭有些發麻不聽使喚，耳垂與腳趾上的凍瘡因爲躁熱而癢酥酥的。

那個清晨，我窩在水塘邊的草叢中，抬眼望見下弦月冷冷的掛在東方的天空，口中呼出的高粱酒香混雜著青草味瀰漫在冰冰涼涼的空氣中，凜冽的北風從山巔呼嘯而過，我專注的看著水塘底緩緩溢出的泉水，輕輕的用水瓢舀入水桶，心中滿滿的暖意，足以消融水塘邊那一層薄薄的、泛著清冷寒光的冰屑。

後來我到台北念大學，住在學校的宿舍裡。與馬祖乾冷的氣候不同，台北的冬季陰溼多雨，寒流來時氣溫也會降到十度上下，室友都搓手縮脖的喊冷。我就會從衣櫥中拿出珍藏的小瓶高粱，斟一杯給我的台灣同學：「喝了！就不冷」順便告訴他們：「在我們馬祖，天冷時，不必多加一件衣服，只要多喝一杯高粱。」

之二

大學畢業那年暑假，趁著就職上班前的空檔，我到北竿「卡蹓」，借住在一位同學的宿舍。我的這位同學高中畢業即到稅捐處當雇員，每日趕在天亮前到各村向屠戶收屠宰稅，隨即在甫宰殺完畢尚冒著溫熱體氣的裸豬身上，密密實實蓋滿腥紅的印信。我白天跟著他到島內各村隨意晃悠，傍晚常常與附近的駐軍打籃球鬥牛；有時遇到歸航的漁船，就買兩尾石斑、白鱲之類的海鮮佐餐。晚上酷熱難當，便抱著被褥枕頭，爬上宿舍的水泥屋頂露天睡覺；海風習習，星漢燦爛，日子過得酣肆愜意。

有一天中午，日頭炎炎，我在同學宿舍內納涼，隔鄰忽然傳來一陣混雜著打罵的叫囂聲與孩童的哭鬧聲，那不是常來我們宿舍玩耍，有一對黑亮大眼睛約莫五、六歲的小男孩嗎？我起身一探究竟，只見那位與我們熟識的老依嬤，一手拎著小瓶高粱酒，一手抓住小男孩的衣領，氣急敗壞往他的嘴裡狠狠的灌入約莫半瓶的高粱酒，隨即在臉頰與屁股上劈劈啪啪各打兩巴掌，再抱入臥室囑咐他乖乖睡覺。我有些不放心的探頭看著滿臉通紅已在床上昏睡的小男孩，老依嬤見我狐疑，

〈依嬤的店〉　沈炎煌／攝影

也不避諱的告訴我，這個孫子人小鬼大，趁著他爹出海捕魚他娘到田裡工作，家裡沒人，就邀鄰居的小妹妹來家裡扮家家酒，隨之愈演愈烈，竟然有模有樣的到臥房辦起大人之事來，被臨時回家的老依嬤逮個正著。老依嬤擔心這檔事有損他們家傳宗接代的大業，立刻抓緊時間用高粱酒護住寶貝獨孫的陽氣。

多年以後，我在台北工作，有一回參加朋友兒子的結婚喜宴，一對年輕夫婦帶著兩個兒子與我同桌。我們以家鄉話閒聊，他說他是北竿人，我逐漸憶起在北竿卡蹓的那個暑假，赫然發現眼前這位俊拔的後生仔居然就是當年高粱酒事件的男孩。我問他老依嬤還好嗎？他說依嬤過世好多年了。我不敢確定他的妻子是不是那個哭哭啼啼奪門而出的小女孩，我望著有著同樣黑亮眼睛的兩個小壯丁，想起老依嬤，還有老依嬤的高粱酒，心裡泛起一股隱隱的幸福感，這一切都契合老依嬤的心意。我舉起桌上的馬祖高粱對這個後生仔說：「敬依嬤，敬你們全家，乾杯！」

〔評審意見〕

馬祖高粱與金門高粱是台灣地區喝酒的人都知道的好喝的白酒。高粱酒的酒精度數高，因此能禦寒，這是一般都可理解的常識。但是，要說高粱酒能夠「護陽」（有的評審認為是老依嬤把小孩灌醉不讓他幹那事，可我並不這樣理解作者的意思），那就不是一般都體會得到的道理了。這篇文章所寫的〈馬祖高粱酒紀事〉，談的就是禦寒和「護陽」的兩件趣事而已！這是不能從科學的觀點去解析的兩件紀事。僅僅因為它通過具體描寫現實的生活經驗而寫了這麼兩件趣事，因此就有了文學反映現實生活的作用。與此同時，也因為它帶有戲劇效果的收尾處理，它於是就有了讓人產生會心一笑的文學閱讀的趣味了。（藍博洲）

作者簡介

劉宏文

我出生於馬祖，一個美麗而純樸的小島。小學、初中、高中皆在馬祖就讀。小時候記憶最深刻的情景即是：拖著尾巴的宣傳砲彈劃破夜空呼嘯而過，大夥倉皇躲入就近的防空洞避難。大學時期，初與台灣同學交流，雖有語言與成長背景的差異，但也有更多機會觀察、學習不同文化的價值與信念。大學畢業曾短暫回鄉工作，隨後輾轉來台任職，二〇〇五轉至大專任教。雖已至「知天命」之年，仍在追尋與探索生命的終極關懷之類的問題。

得獎感言

今年暑假回到故鄉馬祖，與幾位老同學聚餐，藉著高粱酒的催化，初、高中時代的生活點滴，紛紛從封塵的記憶中激活。我們這群四、五十年代在戰地馬祖出生的一代，青少年時期在物質極度匱乏的蕞爾小島上度過，同時經受軍管戒嚴的嚴苛制約，成長軌跡充斥著離奇、怪誕甚至荒謬的段落。返台後，寫下〈馬祖高粱酒紀事〉一文，作為一個開始，以記述那一段艱難卻美好的時光。接到得獎通知，有一些范進中舉的況味。感謝評審，感謝我那一群甘苦與共的好友與同學。

佳作

溫少杰

未完成的故事

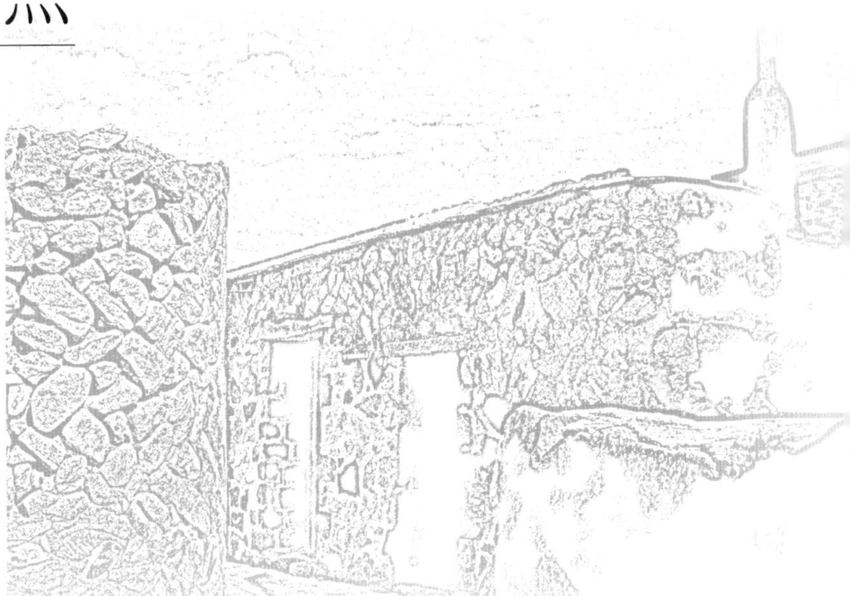

還記得我們一起跑過山腰上陡斜的坡道，以傾斜的身體抵抗島嶼的引力。海，藍得像純淨的顏料，像我們單純的嬉鬧。不記得那些故事說到哪裡？或許還藏在西坵的小吃店樓上，或者是那條通往青帆的蜿蜒小徑上。

我們常在高地上呆坐的那顆大石，是否還似往昔一樣，承載那些初來的小夥子的不安與憂鬱？視線輕緩飄落在山腳下，隱隱的海濤聲傳述著不知名的寓言。山上的風持續吹著大海的奧義，墨綠的房舍依舊蔓延著單調的年輕歲月……

記得我們那天無以排解的假日，決定讓故事拉長到海岸邊。行過午寐的坤坵，幾個廢棄的小屋，殘破的木板，如沉重心事般層疊的花崗岩石塊，不記得有人經過，唯有疾風在身旁奔騰穿梭。情節顯得枯乏，暗藏隨時停滯的時間。

不遠處的一間小廟，靜靜地在打盹，陽光掠過趙大王的背脊，鮮紅的身軀，夾有

〈守護〉　胡雪銖／攝影

一些陳久的祈願。前方靜謐的沙灘，綿延著柔軟的心情，幾個浪濤修剪過的嶙峻礁岩，站在一旁隨興觀望。而前方的蛇島，仍偃臥沉眠著，我們的對話，開始夾雜某些過時的祕辛，某些更加奇詭的想像。

等不到傳說中的瑰麗夕陽，我們便折回到熟悉的小徑，那條來來回回收藏過我們無數腳蹤的小路。一旁幾間低矮的屋舍，大異於本島誇大張揚的建築，它們倚靠著多年來囤積的時光，吃力地站成蒼老的歷史。屋頂上有密集的整齊石塊，安分地蹲在片片序列的紅瓦上，像是壓著受驚的老阿嬤單薄的餘年。屋前的幾塊陰影，躲在赤陽的眼皮底下，石牆篤實挺立，勇敢地承擔歲月持續的沉默敲擊。

我們將收集到的故事情節，就擱置在西坵的老厝，約定好某個時日，以爲能夠繼續說完。因爲我們有著太多的青春，那些看似耗不盡的時間，可以盡情地率性揮霍。而當時的我們，是這樣單純的暗忖著。直到你離開的那日。

我仍記得那次夜晚的耗時行進，繞過沉睡的小島，靜靜地夜巡。第一次聽見它渾重的呼息，與寂夜的心跳，竟是那樣地與人共鳴。那些走不完的行程，黑暗中眾人集體的沉默。唯有你熟悉的腳步聲，我可以分辨。那是在我負傷休養的日子裡，最常聽到的音頻。彷彿洶湧的浪濤衝擊菜埔澳的孤立險礁，聲音低沉厚實。你的友情相伴與爽朗笑聲充填了我那些孱弱的日子。

友情可貴，我默默放在心底。這是遠赴外島以來，意外的福分獲得。就在遙遠的故事彼端，慢慢滋長了真摯的情誼。

曾經我們在黎明將屆的崗哨內安靜等待，等待一個希冀的生成。此時，朦朧迷霧漸漸由山腰蔓延至山頂，覆蓋著我們僵直的視線，水氣溼冷，一陣陣的沁涼入骨。在那些霧鎖雲埋的日子裡，不必擔心會有過多的憂鬱，無有絕望。那時，我們會漫無目的接續去夏未完成的故事。你總是先撬開早已忘卻的話匣，而後思緒翻覆，彷彿又回到我們初識的那年夏天……

冬季來臨，崗哨內的我們，穿著厚重的防寒大衣，像是兩隻身體圓滾的顫抖企

〈戰地殘影〉　黃賢正／攝影

鵝，不斷地以勉語替彼此添暖；偶爾臨上哨前，會預先大膽偷呷一口濃醇大麴，瞬間體內暖和，足以抵禦整夜的刺骨冷風。常常在寒夜裡東北季風更加逼迫襲人，狠狠地滲進了我們苦悶的日子，使我們深刻領教了小島嚴冬的酷冷凜冽。猶記得農曆年前低溫環伺的某夜，夜空驟降霏霜，你驚呼喚醒了眾人，大夥齊奔戶外，乍見潔白冰霜，喜出外望。這是來自熱帶島嶼的我們所未曾見識過的難得奇景。雖非皚皚落雪，但能在此小島上遇見了綿密冽霜，早已心滿意足了。

某日你突然顯得愁煩，從未見過你如此這樣頹喪，印象中的你開朗直率，這般憔容的你直教人掛慮。

你說，遠方的家鄉戀人已去，而浩浩怒濤卻阻斷你極欲挽留的腳步。島上服役一年十個月，而回台休假卻僅有兩次合十四日，你苦悶著無能爲力，就像是所有的人一樣苦悶。你一籌莫展，加上極度的惻愴怛傷與絕

〈影〉　陳昇沅／攝影

望，竟選擇離世。一顆無情的冰冷彈頭擄走了你的青春，在黑鬱漆黯的寒夜……

我自責萬分，如果當時能多花一些時間陪你聊聊，如果能多一點警覺發現你的苦悶與絕境，或許可以助你脫離險處。

小島上那段未完成的故事，不再有人幽幽續補，故事的主人已走遠，只剩山腳下那片柔軟的坤坵沙灘獨自在孤伶抽搐。

時間緩慢推移，接到一紙單薄通知後，我也即將準備遠離，遠離這座大海上孤立的隱匿世界。搭上接駁船，我頻頻回頭，像是在搜尋我那些日子裡消逝的青春，以及我們無以接續的情誼。

十數年後，我在西莒燕鷗總是翩臨的這個季節，在島嶼的某個角落，想起了你。隨著四周熟悉的蟬鳴，細細重溫那些我們曾經擁有的故事。而時光悠悠流轉，直到此刻我才明白，那些未完成的故事，其實早已妥適地，摺進了屬於我們的共同記憶裡。

〔評審意見〕

在所有入圍決審作品中，這是我最欣賞的一篇，因字裡行間感受細膩、飽含詩意，可以想像作者已累積相當書寫經驗。這篇軍旅回憶的焦點在於同袍情誼，同袍卻因「情人兵變」而引彈自盡，留給作者無限哀思與自責。在馬祖服役的寫作題材其實並不少，作者卻聚焦於一，耐心經營，不涉及林林總總的「馬祖介紹」，這是我喜愛本文的另一原因。另外也感謝作者，讓我想起了我不該遺忘的一些軍中生活。（羅葉）

作者簡介

溫少杰

曾任聯合文學網新詩組站長，補習班主任。已發表新詩約一百多首，散文二十多篇，尚未集結成冊。

曾獲吳濁流文藝獎現代詩獎、優秀青年詩人獎、台北縣文學獎、夢花文學獎、大墩文學獎、花蓮文學獎等十餘次。

已發表作品皆收錄在部落格「溫少杰的詩創作坊」http://tw.myblog.yahoo.com/wen890918

得獎感言

一九九一年我被分發到外島的馬祖當兵，在一個偏僻的小島西莒，度過了將近兩年的時間。那裡的景物與人，現今，仍時常會出現在我的夢裡。那裡有我許多的回憶，有些隱密的，像是閃逝而過的海風，仍藏在我的心底。這篇文章所寫的，只是其中的一部分。

感謝諸位評審的指教與青睞，感謝珍甄的一路陪伴與鼓勵！

散文類決審會議實錄

會議時間：二〇〇九年十月六日（星期二）下午一時
會議地點：台北之家多功能藝文廳
決審委員：蔡素芬、劉潤南、藍博洲、羅葉
列　　席：田運良
記錄整理：施淑清

執行單位報告本次散文類共收件八十一篇作品，經初複審選出四十篇作品進入決選。接著推選蔡素芬擔任主席。先請委員說明對參賽作品的整體印象，再進行第一次投票，每人勾選六篇。

羅　葉：很多作品是老兵的回憶，當時當兵的經驗，如同袍飲彈自殺或構工的回憶，讓我印象滿深刻的；有些是下一輩寫父親在外島的歷程，評選時會考慮作者參賽動機，及文字帶給我的感受深淺。也有觀光旅遊或小的愛情故事，我比較期待的是在地人的聲音。

藍博洲：我沒去過馬祖，讀了文章後滿想去的。我受不了美言或古文式的散文，而是重視讀完後給我深刻印象的。我期待的是跟馬祖人文歷史地理，如海峽兩岸對峙的特殊情況、決定馬祖命運事件等的相關文字。

蔡素芬：作品以抒情散文偏多，有些過度經營的痕跡太明顯。我會著重文章的層次感與故事性。這次普遍文字水準不差，令我驚奇。

劉潤南：希望作品能表現馬祖的特質，面向寬廣些。因爲在地人較保守，觀望者頗眾，期待此次文學獎作品發表後，能激發大家的寫作意願。

第一輪投票

〈南竿，一九七三〉二票，蔡素芬、劉潤南

〈呼喚島嶼〉一票，劉潤南

〈馬祖高粱酒記事〉二票，藍博洲、羅葉

〈坑〉三票，蔡素芬、劉潤南、羅葉

〈給親愛的ＢＮ〉一票，劉潤南
〈馬祖之戀〉二票，蔡素芬、藍博洲
〈芹壁之濤〉二票，劉潤南、藍博洲
〈散落的淚珠〉一票，藍博洲
〈距離、記憶〉四票，蔡素芬、劉潤南、藍博洲、羅葉
〈未完成的故事〉一票，羅葉
〈海神休憩的天國之島〉一票，蔡素芬
〈友人的舊書信〉一票，羅葉
〈啜飲一口樂道水〉三票，蔡素芬、藍博洲、羅葉

共十三篇得到決審投票，接著交換對作品的看法，先就獲一票者請評審說明，接續逐篇討論。

〈呼喚島嶼〉

劉潤南：本文描寫的燕鷗是馬祖國際知名的野生鳥類，對於自然生態的書寫也很生動。

羅　葉：感覺太晚進入主題，以致不夠深入。

蔡素芬：文字清新，但較沒創意。

〈給親愛的BN〉

劉潤南：此篇較大範圍書寫馬祖的特色，包括國家級古蹟、聚落保存區、礫灘等，很有味道。

〈散落的淚珠〉

藍博洲：這是我的最高分，文本蘊含馬祖的大背景，歷史、命運都處理到了，是其他文章沒有的。

蔡素芬：可能是透過對話的方式，有點不夠深入。

〈未完成的故事〉

羅　葉：內容描述兩個大專兵曾在西莒朝夕相處的感情，語言詩意，文字成熟，情感也很濃冽，沒有一串馬祖觀光地的描寫。

〈海神休憩的天國之島〉

蔡素芬：由食物切入，令人胃口大開，彷彿在馬祖時間是不存在的，因爲能享受美食必然心是沉澱下來的，才能一一品味，處理得有輕鬆感，用語也不錯。

藍博洲：寫得比較片面，看不到飲食背後的意義，例如以前吃地瓜的困苦生活。

〈友人的舊書信〉

羅　葉：這篇我的排名比較後面，文章是以友人的角度，不是從自己出發的，主要是說世事無常。

藍博洲：這篇有點大題小做，字數容納不了所要寫的主旨。

〈南竿，一九七三〉

劉潤南：屬於軍旅懷舊文章，大約是與我相當的時空背景，頗讓我回到當時的情境。

蔡素芬：文字不錯，分段之間有連貫，頗有感情。

〈馬祖高粱酒記事〉

藍博洲：馬祖的高粱也是很有代表性的，我建議題目只要留「馬祖高粱」就好，會更有力量。

羅　葉：我覺得可以保留原題目，因爲它主要不在寫高粱酒，而是因其引出的故事，例如它用挑水來寫馬祖的嚴酷氣候。作者說故事的語調沉穩，建議作者全力寫第一段，應該會更棒。

蔡素芬：趣味性高，寫明高粱酒與當地生活的緊密連結。

〈馬祖之戀〉

蔡素芬：故事性很強，最後是開放性的結局，閱讀起來興味盎然，有寫作技巧。

羅　葉：像時興的偶像劇，是甜的。

劉潤南：蜻蜓點水的戀情，讓人看了會心一笑。

〈芹壁之潯〉

藍博洲：表現三十年前後的對照。

劉潤南：在聚落裡芹壁是最具有代表性的點，文中一開始描寫此爲適合藝術家旅居之處，最後總結也是，但中間卻跳到別處，沒有歸結到主題。

蔡素芬：像是一段段拼貼出來的。

〈坑〉

蔡素芬：我給它的分數滿高的，但有些隱晦的句子讓人不理解，如「奏起小狗圓舞曲」，文字與內容配合不錯，感覺是常參加文學獎的作者。

藍博洲：像「黑暗中的蕭邦」，讓人搞不懂什麼意思。

羅　葉：這是爲人子女寫亡父的悼念文。他的父親當年挖掘坑道受傷了，留下滿大的疤痕，兒子在整理父親遺物時，發現一些紙片便條，是寫挖坑道的事情，兒子後來回到舊地，焚燒那些隻字片語，彷彿將部分的父親海葬於此，父親的魂靈便可以順著潮流回到八八坑道。比較像是想像出來的文字而非親身經歷。

劉潤南：這篇我的分數滿高的，因爲八八坑道確實是鬼斧神工，最負盛名的一個景點，相當程度表現出一九四九年前後歷史的宿命。我們一直希望有人寫這樣的內容，這裡面是有人死亡，文中是受傷。蕭邦應是指當時用圓鍬、十字鎬敲擊的聲音。雕塑是指後來在外面有塑像，是象徵性的紀念物。

〈距離、記憶〉

劉潤南：是一篇深入當地的文章，每一段結尾都很好。

羅　葉：感覺出其急切的筆調，敘述上有時嫌沉重了點，應舒緩些才好，寫下於戰地成長的局限，馬祖與台灣之間生活條件的相對剝奪感。

〈啜飲一口樂道水〉

劉潤南：因為是我非常瞭解的事物，反而感動沒有那麼深，樂道水庫到現在還沒建好，如今是利用海水淡化廠的水，這座水庫將來蓋好後是用作備用水。

藍博洲：我們恰恰好相反，因為我們不是在地人也不理解，它反而較具體地告訴我們一種馬祖的生活經驗。

經過充分討論後，同意淘汰三篇〈芹壁之潯〉、〈散落的淚珠〉與〈友人的舊書信〉之外，共十篇進入第二輪票選名單，接著每位評審以最高分六分，最低分一分，對十篇作品排序給分。

第二輪投票

〈南竿，一九七三〉七分（蔡素芬二分、劉潤南四分、藍博洲一分）
〈呼喚島嶼〉一分（劉潤南一分）
〈馬祖高粱酒記事〉八分（蔡素芬一分、藍博洲三分、羅葉四分）
〈坑〉十六分（蔡素芬四分、劉潤南五分、藍博洲五分、羅葉二分）
〈給親愛的ＢＮ〉四分（劉潤南二分、藍博洲二分）
〈馬祖之戀〉一分（羅葉一分）
〈距離、記憶〉二十四分（蔡素芬六分、劉潤南六分、藍博洲六分、羅葉六分）
〈未完成的故事〉五分（羅葉五分）
〈海神休憩的天國之島〉三分（蔡素芬三分）
〈啜飲一口樂道水〉十五分（蔡素芬五分、劉潤南三分、藍博洲四分、羅葉三分）

結果最高分〈距離、記憶〉得到評審一致好評獲得第一名，次高分〈坑〉為第二名，第三名為〈啜飲一口樂道水〉，佳作三名為〈南竿，一九七三〉、〈馬祖高粱酒記事〉、〈未完成的故事〉。

新詩

第一名

陳世鑽

芹仔

芹仔①
我知道祢不會推移向我
我知道我要謙卑的走向祢

自古以來祢就以緘默之姿俯臥
江浪翻濤亙古年
春去冬來多少代
手腳打結也算不得祢的歲月

歷史的遞嬗一如槍子兒呼嘯而過
大王宮在祢的胸膛上開山②
戍守的部隊在祢的肩膀上築壘③
騷動的子民如過江之鯽
在祢的周遭迴流往返
而祢如入定的高僧靜靜——
管他雲兒南來北往飄
太陽月亮東來西去移
每一顆眨眼的星星都是祢撒在天上的珍珠
多少浪頭從祢的軀體上翻越億萬年

小小的芹仔祢龍蟠虎踞，穩比泰山
而祢的脾氣就是祢的軀體
堅硬頑固而且不妥協
然而我們知道祢的意志是向前的

風雨算什麼
浪頭算什麼
不動如山的芹仔
當眾聲喧譁
祢是惟一的智者

註①：芹仔，就是芹壁村澳口前的烏龜島，舊稱芹仔，部隊進駐之後因形似烏龜，將之稱為烏龜島。
註②：據傳說大王宮開山宮廟在芹仔島上，芹壁天后宮肇建時（西元一八七三年，清同治十二年）一併遷移至目前的地方，島上還有遺址在。
註③：部隊進駐芹壁之後，在芹仔島上設有崗哨一座，到了晚上天黑時即撤回戍守的衛兵。

〔評審意見〕

馬祖文學獎，詩就當是充沛體現馬祖地域特質和馬祖人性格。本詩取材芹仔小島，對它瀝現出深刻瞭解。將戰地情致、景況、責任與據守，結合為鮮活的意念，清晰的肌理結構、樸實文字的時間印證，使全詩所具顯的土地承擔與前邁無休的淋漓大氣；除文學性，更呈現詩言志的主軸意識。（汪啟疆）

作者簡介

陳世鑽

民國四十八年出生於馬祖北竿芹壁村，中小畢業於在地學校。六十三年國中畢業後，年底隨即赴台學習一技之長，走上每年國中畢業生幾乎都必須走的路（也一起把戶籍遷往台灣）。三年後念高中，私立學校的學費很高，三年的工讀日子很辛苦，但是也就這樣過來了。六十九年高中一畢業就入伍下部隊。六十九年十月一日入伍，七十一年九月三十日退伍，數饅頭的日子緊湊而匆匆。

七十一年退伍之後，當了兩年的「農的傳人」，七十三年考上北竿剛成立的電信局至今。

得獎感言

「詩」是什麼?或者什麼是「詩」，這是很難回答的問題，但是為什麼會有詩可能就比較簡單些了。詩是包羅萬象的，也可以說詩是人類把感情文字化的終極表現。中國的古體詩以總集《詩經》為代表。但是它跟我們有距離，因為難懂。

但現代詩又怎樣呢?有人說現代詩是分段的散文，這說的很貼切，它的一個特點是易寫難工，而古詩是難寫難工。

〈芹仔〉這詩就我而言不是很好，得獎是評審的必要選擇，要改的很多，要進步的太多。

第二名

陳胤

印象・馬祖

嶙峋礁石一記棒喝
浪花恍然翻飛，翻飛，翻飛……
神話之鳥，潔白的翅翼
掀開了歲月迷濛的眼睛

轟隆砲聲，在大海永恆的召喚中
漸漸遠去，那刻骨銘心的傷痕
那無名悸動的驚恐，仍瑟縮在
記憶的防空洞……

偶爾，在地上探望的
卻是皎潔明亮的野百合了
迎風招展的鹹溼心事
早已開出　萬種風情的花
淡了，所有怨仇都淡了
淡在　淡淡透明的芬芳裡
唯有歷史的氣味，仍濃烈
往昔震天的口號，彷彿乾癟的屍首

安安靜靜，晾在花崗岩上　曝曬
花崗岩下，闃黑的甬道　四處奔竄
是淚腺，是血管，還是靈魂的蛇……

島與島之間
所有的吶喊，海最知道
新的神話，在燕鷗的覆羽下
開始　蛹動

美麗的謎，又慢慢　成形
於島與島之間……

作者按：神話之鳥，是黑嘴端鳳頭燕鷗的別稱。消失十餘年後，二〇〇〇年於馬祖現蹤。

〔評審意見〕

寫實的文句與意象美學，逐句引導對馬祖地理人文的豐沛想像。本詩環扣出過去現在、空間時間，不僅內涵繁豐，更藉由神話的開擴及攏合、深入與淡出，展現了馬祖全貌給人親臨的感受；納入的大海，更結合島與島浩瀚完妥的底色，形成全詩的韻律節奏和感動的餘緒。（汪啟疆）

作者簡介

陳胤

本名陳利成，彰化縣永靖鄉人。淡江大學中文系畢業。國中教師。柳河文化工作室負責人。彰化縣國中教師聯盟聯絡人。著有詩集《流螢》；散文《半線心情》、《悲歡歲月》、《放牛老師手札》、《咖啡．咖啡》、《經口之春》；拼貼創作《秋末冬初》等書。作品曾獲教育部文藝創作獎、磺溪文學獎、鹽分地帶文藝創作獎、中縣文學獎、大武山文學獎、花蓮文學獎、台中風華現代詩評審獎、李江卻台文獎、高雄捷運現代詩獎、吳濁流文學獎、竹塹文學獎等。《戀歌》台語詩集，獲二〇〇九年國家文藝基金會補助，創作中。

聯絡電子信箱：edufire2002@yahoo.com.tw
入口網頁「柳河部落」：http://blog.xuite.net/imriver/river

得獎感言

除了戰地鐘聲外，是黑嘴端鳳頭燕鷗，拉開了我對馬祖的想像，那種獨特的蒼涼的美，引人遐思，關於人與島的種種……感謝評審先生，為我與馬祖間搭起了一座美麗的橋。

第三名

沈政男

坑道

花崗岩的筋骨，縱橫交錯如掌紋
緊握成拳，綻開是花，標誌島嶼性格
深邃的喉含一枚酸甜果核，說不出心事
彎折迴轉的腸，隱忍兩難的身世
西是故鄉，家在東方
只能默立風中，任潮汐來去

潛藏隱匿的蛇，洞口的亮眼仍凝望前方
似遙想昔日的輝煌，戰火的紀元
曾以巨鯨的口腹含住艦艇如小魚
雷電錘鍊鱗甲，風雨冷凝心志
像庇蔭島嶼的神祇，威坐北海
氣吞風雷，吐出和平的歌

金剛硬漢血脈汩汩，紫紅若酒
一罈罈貯存溫暖的左胸
是出閣女兒的落紅，客死戰士的傷口
是三月山櫻的燃燒，深秋石蒜的凋萎

履帶與機槍退伍，卡蹓公車開了過來
遊人輕鬆啃著紅糟鰻

日落腳下優雅無聲，月升於頂一彎如笑
海龜緩緩走回幽暗的巢穴
靜望天河潺潺注入視野之極
蹲伏天地之間，學山海耐心等待
酣酣欲眠中，等待黃蝶飛入夢境
等待風起，明天，霧可以散去

〔評審意見〕

馬祖列島隱藏的無數坑道，礫石糾葛，曲折陰暗，如本詩的文字，凜凜有肅殺之氣。坑道是戰爭的象徵，歷史的風在內穿梭，使人痛徹心扉。以坑道為主要視角的確別出心裁，有主體性，而非被視的客體。如此，才能深刻表現列島居民從昔日戰地蛻變為觀光島嶼時的矛盾心理。（謝昭華）

作者簡介

沈政男

台中市人，從事醫療工作十餘年，曾支援馬祖相關業務。閒暇愛好閱讀、思考、聽音樂、自助旅行。文學的興趣萌芽於中學時代，一度想要轉往人文領域，終究選擇回歸現實。中年以後，偶見當年周記，文章末尾高掛老師的期許，想起年少志趣，不甘夢想就此遠離，於是重新提筆投稿，數月來獲得一些獎勵，包括時報文學獎、大墩文學獎、法律文學獎等。

得獎感言

很少地方像馬祖一樣，耳聞跟親訪前後，印象完全改觀——傳說裡的戰地小島根本就是優美的海中公園。馬祖的藍天白沙不輸地中海濱，島上聚落的古樸閒適神似歐洲小鎮，老酒的香醇軟木塞也封不了口，而碩美的海鮮更是好吃又大碗。自足的處子隱匿世俗的角落，淡淡散發暗香，不等待誰來造訪。這樣也好，馬祖可以保有脫俗的美？其實不然，馬祖值得更多的青睞。馬祖的旅遊發展受限於脆弱敏感的空中交通，請給馬祖一座夠好的機場！

佳作

葉衽櫟

國境之北・我們

初秋，你依稀聽見海潮聲
而我在面著海的迎風坡尋找錯置的夢
東引老舊的階上癱瘓著疲軟的影子
撐起了我們記憶的背脊
你說，你在南方狂狷而遊
激越的海潮滲透你心底有時枯竭的河流
空氣裡緩緩移動的鋒面很利
你找來幾片葉子釀一瓶酒
在夢與現實對峙裡輕輕酌了一口
而我
在白色的燈塔上掃視
企圖尋找便於逆行的捷徑
讓一切回溯
彷彿時間拉成一條水柱
相思豢養一叢絳珠草
錯落，不規則，赭紅著「國之北疆」的石夢
將別離澆灌成小小的白色泡沫
繩索緊縛著的那些絞痛都一一的鬆動

你還記得歸返的航道嗎
我找不到被霧遮蔽的山路了
當海水滋潤了河畔魚都四散漂流
有的只是很蜿蜒的坡路上遠遠望去的
將你拉回的蕭索

〔評審意見〕

本詩成功地以對過往情感的想念描摹出東引蕭瑟的秋天。在這國度極北端的島嶼，堅硬的花崗岩磐如一塊巨石般孤懸海外，陡峭而無窮盡的階梯是唯一回家的道路。在空間的極端壓縮下，詩句陳述著記憶的追尋與懷想是人們尋回內心寧靜的另一途徑。（謝昭華）

作者簡介

葉衽榤

玄奘大學中文系畢，現就讀國立台北教育大學台文所碩士班，興趣是研究台灣文學，學位論文爲文學論戰研究。水瓶座。相信人降生於世皆背負著天命。喜歡在夜裡書寫，讓文字在黑暗中展翅飛行。最近有時失眠，便起身撰寫耽擱已久的長篇散文。曾獲基隆海洋文學獎、釆風文學獎。

得獎感言

我聽見你的聲音
在血紅的字上癡癡作響
伴隨著秋陽高照燒成了灰
當日影移動，窗縫不掩
我把眼球奮力拉高，目睹魚在遠處
將幾個浪舉起
吞噬了所有的過往
像正在滾走的雲朵一樣
陳年舊事怎麼樣也拼不起來了
而大石頭依然一句話也沒說

感謝主辦單位與評審，以及羅漢坪、國之北疆碑。

佳作

王貞君

瞞著繼光餅

瞞著繼光餅，
我好奇於城市裡時尚的貝果。
比起海風親炙的素樸，比起火爐烘烤的溫暖，
那玩意兒其實毛躁許多，
（生菜番茄洋蔥牛肉芝士荷包蛋美奶滋畢生美味盡粹於斯？）
裡頭鬆軟外頭酥脆。何如——
北方槓子頭的扎實對味？！
（碉堡坑道壕溝瓊麻燕鷗黑鳳蝶紅花石蒜畢生精華盡粹於斯！）
瞞著繼光餅，一如戚將軍當年
瞞著倭寇，不讓埋鍋造飯，不讓炊煙洩露行蹤。
只不知，當日以繩串起的行軍乾糧，
而今是否仍垂掛胸前？或者早已晾掛在傳說中？
望一眼遊子候鳥歸去的方向，
想一回四鄉五島花崗岩打造的馬祖，
嘗一口繼光餅，
各自講究　生命的蓬鬆厚實與韌度嚼勁；
再嘗一口繼光餅，
各自奔赴　自己的曲折巷弄與壯麗奇岩。

北竿風大，
芹壁的窗櫺善於守候，
陽光一路尾隨，味蕾一路清醒，
夾著蚵蛋肉菜或小黃瓜番茄醬，感受庶民氣味。
瞞著繼光餅，
偷偷叫它馬祖漢堡，說真的
剛出爐熱熱的繼光餅實在好吃，我說真的。

〔評審意見〕

很自然，也很合理的，年輕人習於把目光投向遠方，就如昆德拉所言，「生活在他方」，「他方」似乎總比「此地」，比自己所來自的家鄉神奇、美好百千倍。〈瞞著繼光餅〉一開始便把家鄉馬祖蒼勁的風土置換成時尚的都會風貌，把土生土長的繼光餅轉換成外來的貝果。然而，多麼弔詭有趣哪——只能說是神來之筆——貝果的滋味，所反覆咀嚼出的，竟是對家鄉、對繼光餅的連翩浮想。年輕的詩人也因而，在屬於繼光餅的那份獨特的歷史傳統中，重新發掘腳下的土地，最後甚至大膽地，不無挑釁地企圖拉近土與洋、新與舊的距離，幫繼光餅重新命名，「偷偷叫它馬祖漢堡」。（楊澤）

作者簡介

王貞君

台南縣人，一九六一年生，肖牛，是一頭勤於工作和玩耍的牛；也是集「戰爭與和平」於一身的天秤座，算是個勇敢的膽小鬼（吧?!）；味蕾和淚腺和笑神經一樣發達；愛文字，愛音樂，愛家人，愛旅行，愛一切有意思的事。認爲現代詩是自己的精神無障礙空間，在裡頭可以吟嘯徐行、可以策馬入林、可以現出原形。散文、新詩、童話散見各報刊。曾獲台灣省巡迴文藝營、《聯合報》、《中央日報》、府城及南瀛等文學獎，希望可以一直當個認真且天真的人。

得獎感言

如果「兩不相欠是一種結束」，那麼，我欠馬祖一聲謝謝，馬祖欠我一句Sorry（?!）

二〇〇四年夏天，隨樂團到馬祖演出，走在津沙老街上竟遭蜂螫，塗過童子尿後仍覺紅腫麻刺，在不確定是什麼蜂的情況下，我被送往雲台山洞中的馬祖軍醫院，消毒服藥並挨上一針。後來沒事了，我卻因此錯過一個吃繼光餅的機會；後來補吃了餅，也因此能在多年以後循著繼光餅的線索追憶馬祖。

得獎是一件值得感謝的事，尤其是許多人辛苦成就的好事。感謝馬祖。感謝INK。感謝大家。感謝那隻偷襲的蜂。

佳作

蔡文騫

時光燈塔

我們接近岬角也抵達一日的盡頭
側身，安靜貼著海風與白色矮牆行走
怕不小心熄滅夕陽
此刻風景明朗而歷史雲淡風輕
霧砲不響，如何量測
腳下到那些迷航的昨日的距離

黃昏小小的島嶼悶燒
看晚霞順勢擊中點燃滿坡芒草
看山谷裡花崗岩砌出一朵朵房型
堅硬暗紅的花
斑駁衰老但拒絕枯萎

如海巨大開闊的寂寞也有邊疆
擺下一個個空碉堡戍守
在歲月的灰燼裡挖掘，可惜古井啞口
流露不出更多身世

時間的水平面持續漲起

淹沒日常
燕鷗們從沒有人記得的年代
遷徙，飛來
尋找則則傳說的隱約暗礁落下駐腳

一長兩短，燈塔依信閃爍一如
星斗推移，每個季節嬗遞
輕聲問：有沒有人從最黑的海上看見
被風吹動的時光危顫明滅

作者按一：二級古蹟東犬燈塔有一道防風矮牆連接工作站，讓工作人員在大風時低身快速通過，手上的煤油燈才不致被吹熄。
作者按二：新聞報載，有「神話之鳥」美稱，十年前世界上已絕跡的黑嘴端鳳頭燕鷗，二〇〇〇年再度現身馬祖列島燕鷗保護區。

〔評審意見〕

以具體的燈塔描述移動的時光是一大挑戰，接近過燈塔的人很難不被它的斑駁引發對時間推移的感觸。昔是今非，時光荏苒，舊稱小香港的東、西莒島已人去堡空，曾經千帆過盡的場景徒留歷史的一紙冊頁。本詩成功地以燈塔的形象鋪陳流離時光，令人再三低迴。（謝昭華）

作者簡介

蔡文騫

一九八七年出生，男大學生，小實習醫生，長期藏身台北的高雄人，自稱寫作十年。詩作曾獲台北文學獎、宗教文學獎、浯島文學獎等。

得獎感言

對我而言，馬祖曾經是一個神祕的名詞，一個在史地課本上熟悉但面貌陌生的地方。終於歷史的迷霧漸漸散去，那些散落的島嶼與故事，以馬祖為名，安靜閃耀如一座海上燈塔，為我們看守時光。

感謝評審老師們，也感謝辛苦籌辦及參與首屆馬祖文學獎的所有人。

新詩類決審會議實錄

會議時間：二〇〇九年十月六日（星期二）下午二時
會議地點：台北之家多功能藝文廳
決審委員：汪啟疆、楊澤、謝昭華
列　　席：田運良、林瑩華
記錄整理：尹蓓芳

首屆馬祖文學獎新詩類共收到一百一十六件參賽作品，初審淘汰不合格、水準較差作品之後，留下六十三件進入決審；由決審委員開會選出第一、二、三名，以及佳作三名。開場先由文學獎執行單位說明參賽情況以及獎勵方式，接著旋即召開會議。

汪啓疆首先就此次參賽作品發表整體看法：我一再詳看，有很多的作品可以納在一本專輯（成書）裡面，如果限於六篇得獎作品其實有點可惜；再者，這是馬祖文學獎，作品它如何顯示出馬祖的獨特性、代表度與深入度，進而讓未接觸過的人經此敘述漸漸對馬祖產生印象，這是我評選的認知標準。第三，個人在馬祖擔任很長一段軍人生活，對當地的地理與人文狀況熟悉，因此我會評判作品所表現的焦距，不論在土地或人文上，是不是能夠真正明確的表達出來；最後是詩的文學藝術效果，包含文字美學與結構上的比較，還有感動性；以上幾個是我在看的過程中掌握的觀點。

楊澤遺憾自己還未去過馬祖，他也點出作品在地性的重要問題：我覺得時空條件，包括風土民俗與後面人文歷史的部分，即使現在大家對生態旅遊還是人文旅遊都相當有概念，但是很容易初履斯土寫出不道地的詩，像個觀光客；甚至你是現在最時髦的漫遊者，然而整個定位、站的角度還是有很大的關係，如果你沒有真正投入到這裡面；你只是某種投射，即便有很多角度可以切進去，當中道地性還是最重要的。另外文字的問題也就是詩的技藝，過去詩比較重視單純就詞章來講，但是我們現在愈來愈感受到詩一定要跟生活、人生連結在一起，其實我會比較喜歡口語一點的作品，雖然有些人攻擊它太散文化了，可是寧願口語生活

化一點；那種好像文字密度很高、還只是繼承上一代現代詩慣性的語言，卻不夠獨特清新的作品，我就比較不考慮選它。

接著進行第一輪投票，每位評審各圈選三篇作品，得票情形如下：

〈在北竿〉：一票，楊澤

〈芹仔〉：一票，汪啓疆

〈坑道〉：一票，謝昭華

〈時光燈塔〉：一票，謝昭華

〈印象•馬祖〉：一票，汪啓疆

〈國境之北•我們〉：一票，謝昭華

〈瞞著繼光餅〉：二票，汪啓疆、楊澤

〈來……到東引來〉：一票，楊澤

針對一票作品，楊澤評定〈在北竿〉有些花拳繡腿，因此率先放棄這篇。

謝昭華則建議淘汰〈來……到東引來〉，這篇是他評比分數較低的作品；楊澤不堅持，因此這篇未獲晉級。

最後有六篇作品晉級第二輪投票。評審們決議採評分方式，各自選出心目中的前三名：第一名給五分、第二名給三分，第三名給一分；由分數高低決定名次。結果如下：

〈芹仔〉：十分（汪啟疆五分、楊澤五分）

〈印象・馬祖〉：六分（汪啟疆三分、楊澤三分）

〈坑道〉：五分（謝昭華五分）

〈國境之北・我們〉：三分（謝昭華三分）

〈瞞著繼光餅〉：二分（汪啟疆一分、楊澤一分）

〈時光燈塔〉：一分（謝昭華一分）

三位評審就作品獲得分數的結果，再進行一番討論。

相對於兩位評審都給〈芹仔〉最高五分；謝昭華則認爲〈芹仔〉這篇文字沒有特殊之處，很多不是成語就是一些約定俗成的文字，讓人覺得它用字沒有很謹慎。

楊澤接著發言：我跟啓疆兩個人可能比較喜歡不是現代詩慣用的語法，因爲那種語法可能比較精密卻太常見了；〈芹仔〉相較之下大開大闔，是比較口語，雖然它用的那些成語或約定俗成的文字，卻可能有另外一種力量產生。它有個最棒的地方在「而祢的脾氣就是祢的軀體／堅硬頑固而且不妥協」，它把存在感寫出來了，這比較是現代的語法，那最後一段又比較像詞曲了，不過現代詩何妨有這種爽朗的筆法。

汪啓疆：我本身是海軍在馬祖待過相當長的時間，我覺得這首〈芹仔〉把烏龜島的態度與堅持寫出來了。第二，這首詩裡面有一份闊大（像往返、撒星），並且從中掌握到它的文妥，它的軀體性和意志在這首詩裡面也表達了出來。尤其是我讀完後的感受，包含我以前的回憶，它把整體的馬祖精神藉著這個島（芹仔）的意象，都給說了出來，而且還有些氣勢（風雨算什麼、浪頭算什麼……），這是我當初評選的時候就非常喜歡的一首詩。

謝昭華評〈印象・馬祖〉意象滿豐富的，尤其是在第五、六段。然而文字上還是有些不夠精鍊，這篇突出之處在於意象的豐富性。

楊澤覺得〈印象・馬祖〉可以跟〈坑道〉做個對照：馬祖從戰爭走向和平，這一個時間的過程，〈坑道〉把戰爭與和平並置，它的肌理細節都處理得很精密，所有的意象都鎔鑄在一起，然而它反而太緊了；〈印象・馬祖〉比較鬆，好處在於把戰爭與和平這種緊張的關係，用另外一種角度陳述出來。〈坑道〉是一種描繪性的，比較像賦。〈印象・馬祖〉則比較有比興。所以我會覺得〈印象・馬祖〉較有帶我們進入戰爭與和平這個主題的內在與意象裡面去。

汪啓疆說道：〈印象・馬祖〉它把過去與現在那種很繁複關係都給包容一起，它寫戰爭也寫歷史，它很淡卻沒有失掉戰爭與歷史的那種味道，而且幾個段落環環相扣，把空間與時間都納到裡面，除了能夠回顧以前，還能看到未來的展示；它的意象清晰，以神話之鳥開始寫馬祖的戰史又串聯出島與島之間……這是我滿喜歡的部分。

謝昭華表示之所以給〈坑道〉高分在於它使用文字沉穩，比較不會有其他幾篇文字錯誤和鬆散的問題。在獨創性方面，從一個坑道的角度來著眼描述整個島嶼的身世歷史，文字及意象深沉；唯一有些失敗的句子「是出閣女兒的落紅」。

汪啓疆接受這首〈坑道〉可以被納入前三名，但是對於它的最後一節關於坑道裡面的描寫，讓人分不出內外來。以至於坑道裡面那種堅潤及壓力的感受，若以最後二行句子而言，讀來覺得散掉離題了。

楊澤則說〈坑道〉其實好像楊牧的詩風，可能太常見了，卻顯得比較空一點。

最後，楊澤特別為〈瞞著繼光餅〉發表意見：我們在台灣讀現代詩的傳統裡面，自戰後至今已經有六十年了，我覺得寫到後來其實有點綁手綁腳的，有很多的窠臼，爲詞章而詞章；何妨如〈瞞著繼光餅〉，它真的很靈活，一個小小的東西卻可以衍生出好多好玩的東西出來；它看起來可能有些說理太強，有點太鬆散，然而它最精彩在寫「繼光餅」跟「貝果」的差別，這對像我這樣沒有去過馬祖的人，真的是新鮮有趣的對照啊，我覺得它可能是別出心裁、切入角度更棒的。

經過討論後，評審決議仍由獲分最高的〈芹仔〉獲得首獎。〈印象・馬祖〉爲第二名，〈坑道〉爲第三名。〈國境之北・我們〉、〈瞞著繼光餅〉、〈時光燈塔〉三篇列佳作。

圖文小品

入選

黃懷樂

隨手筆札

一夜洗禮
這小小一方紅色告示
楚河漢界的劃清了本島離島的距離……

一甕甕的回憶
整齊排列在陽光下
等待熟成　等待再被開啓……

灣內淺波盪漾　紅光染遍沙灘
斜陽石舍譜出忘年之曲
人　景色　光線　勾勒新東方地中海風情畫……

彎曲小徑　依山傍海
如此平凡簡單的生活
誰能相信曾有那無情戰火摧殘……

安靜的不像話的三點一刻
只有停不下的浪潮聲
還有那杯被風拂過的咖啡
伴我度過生命中的悠閒片段……

輕輕一吻
永懷 那視死如歸的勇士們
感念 活在心中的精神領袖

風聲穿過坑道　掠過水面
光線折射過往歷歷
腳步踏出鑿鑿聲響
神工　鬼斧　巧琢
留給後人無限想像……

華燈初上
爲夜掀開另一場饗宴
路燈悄悄細說白天見聞
暮色在笑聲中　翩然換裝……

地平線那端 夕陽跌入換日線
期待中的滿天繁星 是否會伴隨著月娘
舞鬧這靜謐的夜……

我 趁夕陽告別前
輕擁這入夜前最後一抹溫柔
滾動在腳邊的浪花
唱著離別的聲調
也預告著下次的相聚……

〔評審意見〕

〈隨手筆札〉是這次圖文小品甄選中最明顯以圖帶文的一份作品，從第一幅圖上標示的幾個大字「入境方向→」開始，對馬祖的建築、地標、生活、地景一一巡禮，最後在夕陽西下裡告別，構想縝密，別具創意。（宇文正）

作者簡介

黃懷樂

長期耕耘文字，曾經出版過小說與獲得部落格徵文獎項。喜歡旅遊更喜歡旅遊後寫出遊記，旅遊中意外發現的美食能豐富我的人生，讓我寫出的東西更色香味俱全。而我正開始學習用類單眼拍照，並企劃一步一腳印的走遍世界各地，滿足自己的好奇心與求知欲。

得獎感言

第一次榮獲文學獎的獎項，又是第一屆的馬祖文學獎，讓我對馬祖的感情，不自覺地多了一層。能用圖文的方式與大家分享我心中的馬祖，是難得的經驗也是種殊榮。這次得獎對我而言是種鼓舞，獎座成了我在耕耘文字這條路上的一盞明燈，讓我有勇氣去挑戰更寬廣的文字領域，也提醒時時要鞭策自己，讓自己的文字修養與功力能更加洗鍊與精進，好呈現更多能與人產生共鳴的作品。

入選

許乃中

東湧

三百個日子不太長，但也是幾個日子，不能被遺忘。

與你熟悉的時間總覺得不夠，但日復日的看著，屬於你層層被包圍的孤獨和寂寞，我也覺得厭煩。

總沒時間感覺，卻是一個寒暑就這樣過去。

你的溫度，我熟悉。也只有溫度，和那些顏色，美麗的顏色。

深海的藍，盛夏的焰，春日的茵。

冬季我冷得緊縮著脖子，僵直的手指無法輕觸你冷冽的紋理，雖說依舊在陽光照耀時一片波光粼粼，但是我選擇不看。

漫步你的血脈間，是石板的路途，顛簸卻充滿韻味的律動。

能夠在這些倒數的日子裡偷閒時日，記錄你的片刻，我雖厭煩過，卻又鮮明的難以忘懷。揮汗如雨的蒸溽，崗哨內滿牆塗鴉令人暈眩。刺骨的嚴冬，身後奔馳過的孩子臉上凍得通紅。

你的顏色這麼美麗，我還未看過的部分這麼多，卻已時光飛逝。我長了一歲，你容貌依舊的送別所有人，與迎接所有人，無論悲喜，沒有歡憂。

離別時最後的眺望已經淡去，你的模樣剩下輪廓，我的模樣變成往事，都無法再追溯任何當時你背後的光芒。

每天，無論我在何方，陽光依舊從東方溢出。我還是一天天的老去，你還是一天天的佇立海角一方。我並沒有勇氣再次重新描繪你的模樣，只能記得那年冬天的海灣旁，日落之前，你默默看著我的惆悵。

〔評審意見〕

花岡石外牆上斑駁的歲月痕跡；直入天際的仰角屋宇；禿枝後方、美得眩人耳目的夕照，攝影者擷取馬祖風情，留下既孤寂、厭煩卻又美麗、光芒的軍旅生涯，矛盾交織，顏色紛陳。

作者以人的悲喜對照地的無憂無歡，歲月不羈，人將老去，只有佇立海角一方的記憶恆存。文章惆悵纏綿，充滿對過往律動的愛戀；取鏡不事誇張，具沉靜素樸之美。（廖玉蕙）

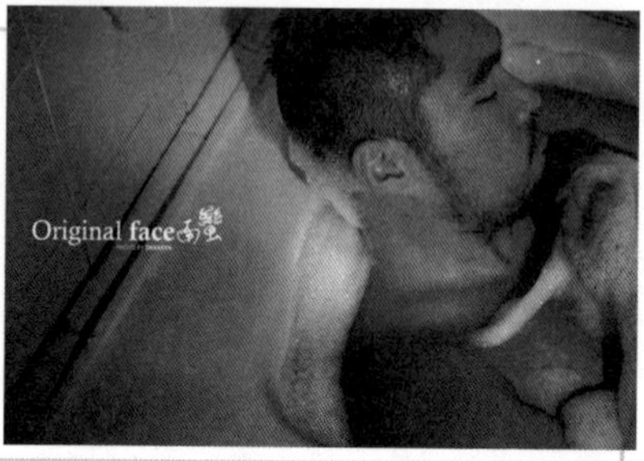

作者簡介

許乃中

台南一中。國立台灣藝術大學廣播電視學系畢，
現職商業攝影師，
熱愛文字創作、攝影、歌唱、舞蹈、重量訓練，
我還沒有什麼經歷。
南蠻on Flickr　http://www.flickr.com/photos/vesper-me/
BLOG 晝伏夜出 http://www.wretch.cc/blog/Vespertine

得獎感言

首先感謝柴犬哥，給我這次書寫的靈感。

另外還要感謝小鳥蛋，在海上的時候，日子是屬於他的。

在東引服役時，有幸在《東湧日報》做過一段時間的軍記者，讓我有機會看到很多在那服役將近一年，卻沒幸能見我所見的人們。

有也沒有，海環的風景，我在這裡借來送給你們，也送給我。是我唯一要說的話。

最後，再次感謝柴犬哥。

我的照片，是他的作品。

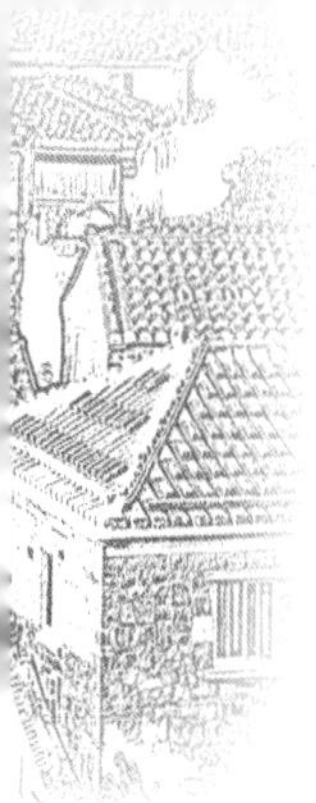

入選

林鴻胤

馬祖鈎鑒

回途的航程路上，洋海翻波，我卻不斷回憶著歷遊馬祖北嶼的種種。

那段寒風刺骨的時日，四處浪巡島的東西南北，以尋覓那口耳相傳、莊嚴神聖的軍旅記憶。夜正沉，海風陣陣襲臨，不經意仰頭驚視滿空星辰，在戎旅最悲慟的傷口上，自己最飢渴的心靈裡，遺存著許許多多、壯壯烈烈的大愛，欲與這座島嶼共享。

在此天涯之外，是一野堅岩層層堆疊的、高低錯落的鄉野聚落。那裡，正坐落著這座島嶼最值得傳頌、珍藏的美景。

我總是相信在馬祖戰地的風塵滾盪裡，可以埋盡所有心酸事，可以長出希望的蓓蕾，更可以結成勝利的甜果。鄉愁，成群穿過轉角「光復大陸」、「軍民合作」、「蔣總統萬歲」、「解救大陸同胞」牌匾，刻意踩過我的忠誠真情，我一身漢子竟被此小小的感動所傷，無端勾起那段戰鬥歲月的初衷與往事，我竟比旁人更鬱默得近乎冷冴。然則戰鬥，我奮力填滿這頁人生，讓榮耀在心底更加巍峨挺拔。斜倚於芹壁民宿面向曠海的平台，朝日升自硝煙裡，面對一渡就可能關山或漢水的愛戀，將如何深藏一樁荒蕪的旅色，怎樣昂揚滿腔熾烈的傲骨？

筆繫紙冗，曾經烽火萬丈的馬祖，請您見證我千山萬水的情溢，畢竟長征的歲月總會濃愁馳念的。終於有幾束晨曦，自北海坑道揚旌出征的洞口升起、從鐵堡的戰道升起，擅闖我的思念空間，提醒我戎行許該上路了。收筆之末，走出千階外的感動，想來奔泊而闖蕩革命之列，那片海誓山盟的堅持，又哪能一紙就訴盡殤國悒鄉的激越，如今卸甲還鄉之後，再捎信給遠方，馬祖鈎鑒，說說近況與彼此珍重。

〔評審意見〕

圖片羅列一張張靜掛芹壁聚落的戰地標語牌匾，看似略嫌單調，卻又如此鮮明地標誌過往的戰地風情。「光復大陸」、「軍民合作」、「蔣總統萬歲」、「解救大陸同胞」，在兩岸關係產生劇變的此時此地，在在顯得突兀且不合時宜；然則，對卸甲還鄉的男子而言，卻依然是深心的繫念所在。

本文題目簡淨有趣，保留傳統以下對上的書信風格，向馬祖娓娓訴說思念及別後心情，別出心裁，有餘味不盡的纏綿情致。（廖玉蕙）

作者簡介

林鴻胤

現職：新加坡大華銀投顧研究部協理
　　　元培科技大學財金系講師

經歷：施羅德投顧協理
　　　摩根富林明投顧襄理

學歷：中央大學企管所
　　　清華大學經濟系

得獎感言

寫愛的信，給馬祖

那段烙印在心底的青春歲月，我終生難忘，雖然已歷多年，但絕對值得我反芻時光，為馬祖寫一封信，細細說說我對馬祖的想念、的嚮往、的惜情、的耽溺、的永永遠遠，馬祖鈞鑒，我恭敬地、虔誠地請馬祖展閱，因為那是紀念的信、回憶的信、感恩的信，甚至是愛的信。

入選

陳雲和

馬祖風情遊

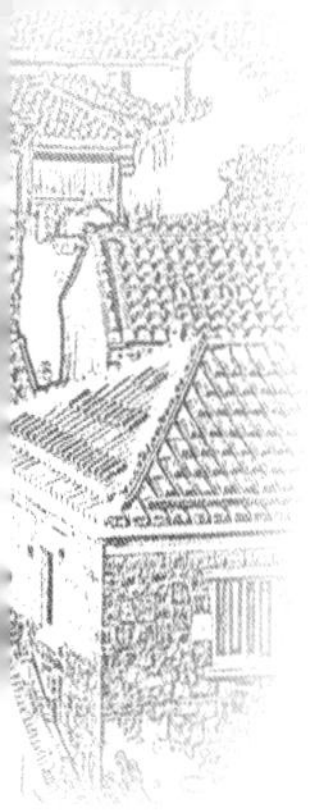

春節期間，前往馬祖遊玩，領受到她遺世獨立的縹緲風情。

南竿牛角村的美，含蘊在那蜿蜒曲折的巷弄裡，沿著階梯拾級而上，穿梭在層層疊疊的民宅間，每一個轉彎，往往會撞見意外的驚喜。

屋簷下，幾條魚乾兀自隨風搖擺。往前走，牆上開始出現彩繪圖案，斑駁的牆面頓然變得活潑亮麗；柴堆和牆壁，更創造出一幅動人的抽象畫。

在「依嬤的店」品嘗清蒸黃魚、紅糟鰻和蟹肉炒年糕，啜飲甘醇老酒，啊，一頓齒頰留香的年夜飯！

走進北竿的芹壁，眼前的露天咖啡座，映著蔚藍海水，令人幾疑來到了浪漫的地中海。錯落有致的屋舍，呈現出閩東民居的獨特風韻。春寒料峭，遊人稀疏，徜徉其間，細細觀賞一棟棟石屋的風采，享受寧靜中的閒適。轉來彎去，那片藍藍大海和龜島，總是如影隨形，長相廝守。

馬祖的廟宇，因受限於陡峭狹隘的地形，大都建築小巧，色彩卻絢麗奪目，曾經是個富裕漁村的橋仔更把這特色發揮到極致。鮮豔強烈的色彩，烈焰形的封火山牆，像熊熊烈火，直衝上天，顯得誇張而熱鬧。

終年與海搏鬥的漁家，內心渴望的是神明熾烈如火的溫暖護佑吧！

馬祖風情，一如她特產的老酒，溫潤香醇，餘味緲緲，須得細細品味！

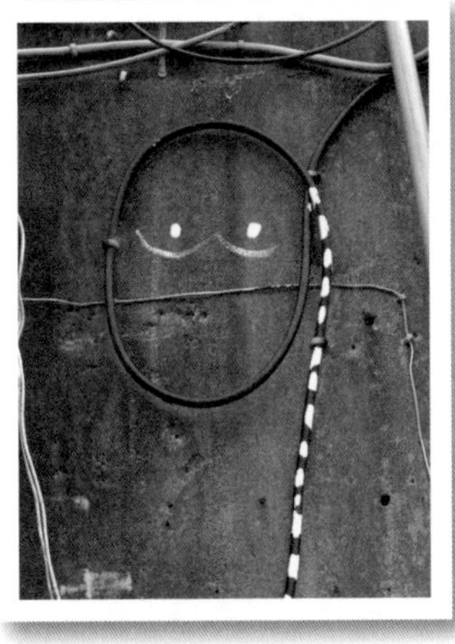

〔評審意見〕

〈馬祖風情遊〉以清新的文字，搭配鮮麗的照片，帶引讀者進入馬祖的風情。可喜的是，圖片的取景頗見幽默的視角，誠如作者文中所說「每一個轉彎，往往會撞見意外的驚喜」，是一篇圖文並茂之作！（宇文正）

作者簡介

陳雲和

筆名：阡陌
學歷：國立台灣師範大學國文系畢業
經歷：曾任高中教職十年
喜好：閱讀、旅遊、攝影、賞藝術、聆音樂
現職：寫作、家管、美術館義工
著作：《散文集：今天，很快樂》
《旅遊記聞：跨界行旅——攝掠南疆、尼泊爾》
即將出版：《旅遊文學：歐風下，牽手，遊於藝》

得獎感言

馬祖，兀立在海上的幾座仙島，縹緲而神祕。徜徉在蜿蜒曲折的斜坡巷弄間，捕捉建築之美，領會民情文風。

南竿的牛角村，北竿的芹壁和橋仔，在在蘊涵著閩東的人文特色。

感謝「馬祖文學獎」的鼓勵，督促著寫作的腳步，往前邁進。

入選

陳瑜

傳承之下的東引

鞭炮聲轟隆不斷，揭開了傳統的序曲，
一年中島上最熱鬧的節慶活動就要開始。
煙霧迷漫之中，
引導隊伍前進的長輩叔伯們，大聲吆喝的顧前顧後；
敲打古調的阿姨、大姐們、古板隊的小朋友，敲響了我們對神明的敬重；
辦神偶跳神舞的叔叔、在地的年輕小夥子、國軍弟兄們，賣力的扛起這驕傲時刻，
一路參與盛會的居民，站在街道兩側持香等候的居民，
曾幾何時，
時代的物換星移，
很多值得的事物，卻在我們遺忘之中悄悄逝去。
激動，溢於言表，
因爲眼中所見，是島上對傳統信仰的誠心，
是大家對在地習俗緊緊不放的堅持。
還記得，活動進行時，
有位大姐對小夥子說：
「過幾年，就要換你們來表現了，現在要好好學啊！」

這句話言猶在耳。
突然明白，
感動之所以感動，
是因爲盛會最大的意義，
原來就是「傳承」。

〔評審意見〕

以東引島信仰中心白馬尊王廟繞境活動為主題，鏡頭隨色彩鮮豔的神偶移動，背景納入了中柱港、西引島、連堤、南澳村落，以及掛著興奮笑容好奇追隨神偶的小朋友。文字淺顯真誠，關鍵一句對白生動道出島上居民對傳承的珍惜與期許。（何致和）

作者簡介

陳瑜

一位體內流著一半馬祖血液的射手女孩，
在國之北疆的東引國小教育著馬祖下一代幼苗。

得獎感言

「擺暝」一直是馬祖地區最熱鬧、
最值得一看的傳統慶典，
「同島一命」、
「軍民同心」在東引的擺暝，
更是不容忽視的默契，
寫下這一篇紀念，
謹獻給東引島上的軍民。

入選

邱志郁

月見草

月見草，趴在沙灘上的小草，以盛開的花容輝映明月。無論是花賞月，還是月賞花，相顧相惜的柔情，融化在濃稠的月色中。

月見草，浪漫寫意，卻揮不去難解的黯然。傍晚開花，日出花謝。悲劇的色彩，塑造了楚楚可憐的文藝氣質。

都市人，經年累月只有燈光作伴，已多久沒有賞月的閒情？今夜縱有閒情，卻又煙雨朦朧、了無月影，更無嬌花。唯有將緊繃許久的想念，雲遊到馬祖北竿機場旁，月見草花朵競放的沙灘。

懶散的詩情，悄悄地敲開了靜寂的小鋪大門。沉思的吧台上，斟上苦情滿杯的醉意。

凝結在空氣中的脈息，是冬日獨自迷走的思緒。

今年春天，再度造訪馬祖幾個島嶼。特地留意月見草的開花習性，竟然和一般的認知大相逕庭。

不只是入夜時分，縱使是烈日當空，月見草的花朵，依然昂首綻放。

是鹽沫瀰漫的潮風、乾硬貧瘠的土壤，還是小島欠缺蟲媒的嚴苛環境，催生出獨特的演化命運？

挨過了戰車的履帶，挨過了揚塵的硝煙。

以慣有的從容，閃耀自信的尊榮。

島嶼的哀怨悲歌，已然化爲明豔的舞影，在陽光沙灘熱情婆娑。

月見草，堅忍又煥發。以委婉的嫵媚，展現呵護土地的溫柔，是戰勝宿命的花朵。

潮風勁疾，竟日瀟瀟；硝煙捲去，悸動喧囂。

鐵甲鏽蝕，斑駁記憶；清秀佳人，猶然多嬌。

〔評審意見〕

同樣是「走『馬』看花」，卻與一般只鞏固了明信片形象的觀光客不同，作者對馬祖的人文歷史、地理環境與自然景觀頗有一番深入觀察。花與岩岸、坦克、古厝並置，對比性強烈，足以讓人細看與沉思。刻意經營過的文字頗具詩意，娓娓訴說了作者對花朵與島嶼的感情。（何致和）

作者簡介

邱志郁

一九七八年中興大學農藝系畢，日本筑波大學應用生化博士。現任中央研究院生物多樣性研究中心研究員，專長爲土壤學、生態學。基於推動科學普及的理念，加上自身對文史的愛好，嘗試結合文學、攝影的技巧，論述科學的本質。曾獲二〇〇七年國科會科普獎。今年開始在豐年社《鄉間小路》月刊負責〈草木思情〉的專欄寫作。

得獎感言

這年頭，還用雞皮疙瘩掉一地的方式寫文章，即使不被當作怪物，也會被歸類為稀有動物。

平日專門寫那種硬邦邦的，一般人看不懂的學術論文。渴望用另類方式撿回僅存的靈性，掙脫生活的壓力和束縛。

慶幸至今三趟馬祖之行，完成了土壤調查，更體現了生命的感動。

月見草，猶如馬祖戰地，承受著歷史的苦難，卻也保有了清新秀雅。馬祖的人文和自然獨特的面貌，值得國人細細關愛品味。

馬祖，去年才踏上的土地，卻是有生之年難以忘懷的島嶼。

圖文小品類決審會議實錄

會議時間：二〇〇九年十月六日（星期二）上午十一時
會議地點：台北之家多功能藝文廳
決審委員：宇文正、何致和、廖玉蕙、劉潤南
列　　席：田運良、林瑩華
記錄整理：張紫蘭

會議首先由執行單位列席代表說明參賽情況、獎項內容，本屆馬祖文學獎圖文小品類共收到八十二件參賽作品，初審淘汰不合格、水準較差作品之後，留下十九件進入決審，決審應選出得獎者五名。眾評審委員推舉廖玉蕙擔任會議主席。

進行第一輪投票前，主席請各評審委員發表對本屆參賽作品的整體意見。宇文正認爲，從參賽的圖片可看到馬祖的多種不同面向，許多作品具有部落格情調，唯文字稍弱一些。何致和表示不少作品都有個人特殊的觀點，而不只是風景照、旅遊文章而已，不過許多作者犯了一個毛病，就是在有限篇幅裡什麼都想講，結果寫起來便像觀光導覽。廖玉蕙表示小品文篇幅不宜過長，圖片則必須能夠呈現在地風情、特殊觀

點，並同意何所說的參賽作品中有不少達到水準。劉潤南認爲，大部分參賽作品的圖片都以旅遊景點爲主，人文內涵不足，文字則嫌過長。

第一輪投票，每位評審各選五篇作品，結果共選出十一篇，得票情形如下：

〈國之北疆——東引〉：一票，廖玉蕙
〈傳承之下的東引〉：一票，何致和
〈當神祕馬祖遇上神話之鳥〉：一票，宇文正
〈芹壁紀念日〉：一票，劉潤南
〈隨手筆札〉：二票，宇文正、廖玉蕙
〈風景〉：二票，宇文正、何致和
〈馬祖鈞鑒〉：二票，廖玉蕙、劉潤南
〈二〇〇九，緣定馬祖〉：二票，宇文正、劉潤南
〈月見草〉：二票，何致和、劉潤南

〈東湧〉：三票，何致和、廖玉蕙、劉潤南

〈馬祖風情遊〉：三票，宇文正、何致和、廖玉蕙

主席詢問有沒有人認爲得一票的作品在自己心目中排名很高，而想對其他評審進行遊說的。何致和希望保留〈傳承之下的東引〉，因爲內容描繪東引當地廟會特殊的民俗活動，非常難得，同時文中以對話形式寫到傳承，觸及了東引這個人口稀少的小島的核心問題；不過宇文正也指出這篇的照片不佳，而且文字明明不是詩，卻以詩的形式呈現，顯得造作。宇文正希望保留〈當神祕馬祖遇上神話之鳥〉，認爲這篇的照片顯然不是爲了要參賽或去旅遊就能隨便拍到的，而是去守候候鳥的到來，是相當有環保意識的一篇小品；不過廖玉蕙也指出這篇的文字太過生硬，而小品文強調的是情趣、韻味。評審放棄〈國之北疆——東引〉、〈芹壁紀念日〉兩篇後，餘下九篇作品進入第二輪投票。投票之前眾評審先討論得二票與三票的作品。

得二票的作品

〈隨手筆札〉

宇文正：這是一篇有部落格精神的作品，它不是完整的文章，但每一段小文字跟圖片對照的時候，顯得小而美，還滿可愛的，圖片的角度很多、很特別。

廖玉蕙：我唯一有意見的是蔣公銅像這張，哈哈，不過那是作者心中的感覺啦。其他照片都拍得很好，有宏觀，有特寫，從入境開始到預告下次相聚結束，看起來沒有關聯的照片其實是有設計的，文字也很能凸顯主題。

何致和：文字和圖片結合得很密切的一篇，但我也覺得蔣公這張是敗筆，那是從前的政治正確、現在的政治不正確。

劉潤南：小品文寫得不錯，但稍嫌短了一點；攝影作品有幾張刻意安排人物進去，不是那麼的自然。

〈風景〉

宇文正：入選作品就這篇和〈傳承之下的東引〉以民俗爲主題，其他都是風景，我覺得民俗主題至少要選一篇，而兩篇之中我覺得這篇比較好。

何致和：我也選了這篇，它的文字很棒，用的是舊照片，很特別。但主要打動我的是文字，作者曾是那裡的小孩子，那個地方實在太小了，小孩子能活動的範圍又更小，但儘管在那樣處處是軍事管制的地方，小孩子還是可以在一塊小小的海邊游泳，很快樂，跟周圍肅殺的氣氛形成強烈對比，作者看到這個視角，而且作了今昔的對比，讓我很感動。

廖玉蕙：兩篇民俗的作品中，我比較支持〈傳承〉那篇。我覺得如果我們選出來的兩篇都有類似的圖片，不是很合適，所以何先生，你必須做一個抉擇。

何致和：好，如果要抉擇的話，我會鼓勵年輕的創作者，就是〈傳承〉那一篇。

劉潤南：民俗比較講求的是傳承的概念，我也比較支持〈傳承〉。

宇文正：好吧，那我就放棄這篇了。

〈馬祖鈞鑒〉

廖玉蕙：照片拍得普通，但內容是有意義的，這些標語是特定時空裡的東西，有一種歲月滄桑的感覺。文章寫得不錯，把標語對於馬祖戰地的意義勾勒出來，只是太長了些。標題也很有創意。

劉潤南：這篇文字很棒，寫了一封信給馬祖人，問候近況，表達彼此尊重的概念。照片構圖不是太好，其實有很多角度可以拍這些標語，可惜這位作者是一幅一幅地拍。

廖玉蕙：我覺得這篇的文字是幾篇當中比較好的，如果我們選出很多圖很好、但文章沒那麼好的人，好像也可以搭配文章很好、圖沒有那麼好的。而且這篇的題目就很有創意，文字也很有感覺。

宇文正：我沒有選這篇倒不是因爲圖，反而是因爲文字，我覺得太文藝腔，而且那麼文藝腔是很怪的，很多地方我都不曉得他在寫什麼。

〈二〇〇九，緣定馬祖〉

廖玉蕙：這篇的照片是用電腦列印出來的，太隨便了。

宇文正：不過看得出來建築拍攝的角度很好，文字也很自然，沒有那種硬湊出來的奇怪句子。

劉潤南：我覺得所有入選作品中，這篇的照片構圖是最好的，有人文的味道，文字也不落俗套。但是照片用電腦列印感覺不太好。

何致和：我對文章的部分有點意見，寫了很多個人的細節，可能只有作者自己知道他發生了什麼事，卻沒有向讀者說明。這裡面的每一個事件單獨挑出來寫都會很精彩，可是他用一句話就帶過去，我們很難想像他在那邊到底有什麼樣的經驗。

廖玉蕙：跟圖也搭不上，圖歸圖，文歸文，儘管兩方面都不錯，但搭不起來。

〈月見草〉

何致和：有的評審可能會覺得這篇太文藝腔，但作者真的是有一些觀點在裡面，他以月見草爲主角，但是照片的背景有帶到馬祖印章上那座建築、有帶到坦克，就是戰地的風情，所以圖片是有在經營的。至於月見草的部分，在外島很難看到像樣的花朵，頂多只有這種遍地開的小花，它們的生命力很強，在這種樹都不會長的地方，可以這樣到處開，但一般人不會注意到，作者居然看到了，我覺得這個觀點是非常敏銳的，也寫出了馬祖的風情。

劉潤南：後段寫到「朝風」、「乾硬貧脊的土壤」，這些花就是長在海邊的沙地上，作者有把月見草和馬祖結合在一起。

廖玉蕙：我覺得照片都是單一的月見草，雖然剛剛提到背景有些不一樣的地方，但是在我看來相似性還是很高。

宇文正：很多地方都有月見草，所以我覺得沒有什麼代表性。而且最後的「清秀佳人、猶然多嬌」，記錄的文字用這樣的字眼，很不合適。

廖玉蕙：對，文藝腔太重。

得三票的作品

〈東湧〉

宇文正：這篇是我心中第一文藝腔的，像「三百個日子不太長，也是幾個日子」，不知道在寫什麼；攝影的觀點也是在其他作品裡都看得到的。

廖玉蕙：要說文藝腔它確實是很文藝腔，可是這種主題要不文藝腔也很難，是說你文藝腔得好不好。

何致和：我覺得這是很誠懇的一篇，作者顯然是在那邊當兵，現在當兵大概只有一年，所謂三百多個日子就是一年，跟人生比起來很短，但也是幾個日子。我覺得他誠懇的地方就是，他在島上的時候是對那個地方厭煩的，只覺得天氣熱、天氣冷、天天看海，一定要等到他回來以後，才會想到那個島嶼，才開始去描述它，這篇文章就充滿了這種情緒，也就是寫盡了在外島當兵的人的情緒。照片的部分，我覺得他的視角跟別人取捨會不一樣，像拍建築會用仰角；還有碼頭這張，我不記得那個地方有這麼大的樹，取景滿有沙龍照的意味。所以我覺得，文字跟圖片都滿均衡的。

廖玉蕙：我特別喜歡第一張照片，就是一個角落，不是很光鮮亮麗，但我覺得在馬祖會常常看到這樣的東西，是有代表性的。文章確實是文藝腔很重，可是我覺得他的文藝腔還不錯，因爲寫的是回來以後再去回溯往事，當時的厭煩全部都變成了思念。

劉潤南：石砌牆這張拍得非常好，馬祖的傳統建築形式有各種砌法，這是亂石砌，在過去是窮人的砌法，有錢人的砌法都是比較工整的工字砌、丁字砌，但是現在我們發現最美的都是亂石砌。這張呈現的美就是現在大家所公認的，有一種歲月滄桑的美。作者當兵抽到金馬獎，是一肚子怨氣，到那裡後願意去琢磨這樣的美景，我想是值得鼓勵的。

〈馬祖風情遊〉

劉潤南：如果再選一次，我會選它。之前沒有選是因為〈馬祖風情遊〉這個題目太一般，但是照片再仔細看一下，其實很有自己的觀點。唯一導覽性地、概括性地來說馬祖，就是這篇。

廖玉蕙：我也是被照片吸引，都很有特色，而且非常的華麗。

第二輪投票，主席請每位評審各選五篇。得票情形如下：

〈隨手筆札〉：兩票，宇文正、廖玉蕙
〈月見草〉：兩票，何致和、劉潤南
〈傳承之下的東引〉：四票，宇文正、何致和、廖玉蕙、劉潤南
〈馬祖釣鑒〉：四票，宇文正、何致和、廖玉蕙、劉潤南
〈東湧〉：四票，宇文正、何致和、廖玉蕙、劉潤南
〈馬祖風情遊〉：四票，宇文正、何致和、廖玉蕙、劉潤南

由於共選出六篇，評審必須在得兩票的〈隨手筆札〉與〈月見草〉之間選出一

篇，但兩組評審各有所好，因此主席詢問執行單位可否入選六篇，獲得執行單位同意。圖文小品決審結果出爐，得獎作品爲〈隨手筆札〉、〈月見草〉、〈傳承之下的東引〉、〈馬祖鈎鑒〉、〈東湧〉、〈馬祖風情遊〉。

國家圖書館出版品預行編目資料

馬祖鈞鑒：首屆馬祖文學獎得獎作品集. 二〇〇九／蔣勳等著：初安民總編輯. - - 初版.
連江縣南竿鄉：連縣府. 2009. 11
200 面；15 x 21 公分

ISBN 978-986-02-0559-6

830.86 98020568

馬祖鈞鑒——二〇〇九首屆馬祖文學獎得獎作品集

發行人 陳雪生
總策劃 劉潤南
策劃 吳曉雲
執行策劃 陳曉君
出版單位 福建省連江縣政府
執行單位 福建省連江縣政府文化局
地址 20941連江縣馬祖南竿鄉馬祖村5號
電話 0836-22393
傳真 0836-22584
網址 www.matsu.gov.tw
承製 **INK**印刻文學生活誌
地址 23552台北縣中和市中正路800號13號之3
電話 02-22281626
總編輯 初安民
責任編輯 田運良、鄭嫦娥、林瑩華
美術編輯 黃昶憲、陳淑美
印刷 海王印刷事業股份有限公司
著作人 蔣勳、汪啓疆、謝昭華、陳世鑽、葉衽榤、秦就、張東瀛
劉宏文、溫少杰、陳胤、沈政男、王貞君、蔡文騫、黃懷樂
許乃中、林鴻胤、陳雲和、陳瑜、邱志郁
著作財產權人 福建省連江縣政府

初版一刷 2009年11月
GPN 1009803112
ISBN 978-986-02-0559-6
定價 新台幣240元

Printed in Taiwan

連江縣政府

NK INK INK INK INK INK IN
K INK INK INK INK INK INK
NK INK INK INK INK INK IN
K INK INK INK INK INK INK
NK INK INK INK INK INK IN
K INK INK INK INK INK INK
NK INK INK INK INK INK IN
K INK INK INK INK INK INK
NK INK INK INK INK INK IN
K INK INK INK INK INK INK
NK INK INK INK INK INK IN
K INK INK INK INK INK INK
NK INK INK INK INK INK IN
K INK INK INK INK INK INK
NK INK INK INK INK INK IN
K INK INK INK INK INK INK
NK INK INK INK INK INK IN
K INK INK INK INK INK INK
NK INK INK INK INK INK IN
K INK INK INK INK INK INK
NK INK INK INK INK INK IN
K INK INK INK INK INK INK
NK INK INK INK INK INK IN
K INK INK INK INK INK INK

NK INK INK INK INK INK IN
INK INK INK INK INK INK
NK INK INK INK INK INK IN
INK INK INK INK INK INK
NK INK INK INK INK INK IN
INK INK INK INK INK INK
NK INK INK INK INK INK IN
INK INK INK INK INK INK
NK INK INK INK INK INK IN
INK INK INK INK INK INK
NK INK INK INK INK INK IN
INK INK INK INK INK INK
NK INK INK INK INK INK IN
INK INK INK INK INK INK
NK INK INK INK INK INK IN
INK INK INK INK INK INK
NK INK INK INK INK INK IN
INK INK INK INK INK INK
NK INK INK INK INK INK IN
INK INK INK INK INK INK
NK INK INK INK INK INK IN
INK INK INK INK INK INK
NK INK INK INK INK INK IN
INK INK INK INK INK INK